Goosebumps®

Goosebumps®

Goosebumps®

雞皮疙瘩 24

倒楣照相機

Say Cheese And Die!

R.L. 史坦恩（R.L.STINE）◎著

愛陵◎譯

致台灣讀者

讀者們，請小心……

我是R・L・史坦恩，歡迎到「雞皮疙瘩」的可怕世界裡來。

你是否曾在深夜裡聽到過奇怪的嚎叫？你是否曾在黑暗中聽到腳步聲——卻根本看不到人？你是否見過神祕可怖的陰影，幽幽暗處有眼睛在窺視著你，或者身後有聲音叫你的名字？

如果是這樣，你應該了解那種奇特的發麻的感覺——那種給你一身雞皮疙瘩、被嚇呆的感覺。

在這些書裡，幽靈在閣樓上竊竊低語；膽顫心驚的孩子忽而隱形；稻草人活了，在田野裡走來走去；木偶和布娃娃也有生命，到處嚇人。

當然，這些都是磨礪心志的好玩的嚇人事。我希望你們感到害怕，同時也希望你們大笑。這都是想像出來的故事。當然，最可怕的地方在你們自己心裡。

過個害怕的一天吧！

R L Stine

出版緣起

人生從奇幻冒險開始

何飛鵬
城邦媒體集團首席執行長

我的八到十二歲是在《三劍客》、《基度山恩仇記》、《乞丐王子》中度過的。可是現在的小孩有更新奇的玩具、電玩、漫畫，以及迪士尼樂園等。

八到十二歲，正是孩子從字數極少、以圖畫爲主的繪本閱讀，跨越到漸漸以文字閱讀爲主的時期。也正是訓練孩子從圖像式思考，轉變成文字思考的重要階段。在這個階段，養成長期的文字閱讀習慣，能培養孩子敘事、分析、推理的邏輯思辨能力，奠定良好的寫作實力與數理學力基礎。

然而，現在的父母擔心，大環境造成了習於圖像、不擅思考、討厭文字的一代。什麼力量能讓孩子重回閱讀的懷抱呢？

全球銷售三億五千萬冊的「雞皮疙瘩」，正是爲了滿足此一年齡層的孩子的需求而誕生的！

無論是校園怪奇傳說、墓地探險、鬼屋驚魂，或是與木乃伊、外星人、幽靈、吸血鬼、殭屍、怪物、精靈、傀儡相遇過招，這些孩子們的腦袋裡經常出現的角色或想像，經由作者的生花妙筆，營造出一個個讓孩子們縱橫馳騁的魔幻時空、光怪陸離的神奇異界，經歷各種危急險難，最終卻又能安全地化險為夷。這樣的冒險犯難，無論男孩女孩，無不拍案稱奇、心怡神醉！

本系列作品被譯為三十二種語言版本，並在全球數十個國家出版，創下了出版史上多項的輝煌紀錄，廣受世界各地孩子的喜愛。作者史坦恩表示，這套作品之所以成功，是因為多年的兒童雜誌編輯工作，讓他對兒童心理和兒童閱讀需求有了深刻理解——他知道什麼能逗兒童發笑，什麼能使他們戰慄。

我們誠摯地希望臺灣的孩子也能和世界上其他的孩子一樣，有更豐富多元的閱讀選擇。更希望藉由這套融合驚險恐怖與滑稽幽默於一爐，情節緊湊又緊張的「雞皮疙瘩系列叢書」，重拾八到十二歲孩子的閱讀興趣，從而建立他們的閱讀習慣，擁有一個快樂學習的童年。

現在，我們一起繫好安全帶，放膽體驗前所未有的驚異奇航吧！

Goosebumps 雞皮疙瘩

專文推薦

戰慄娛人的鬼故事

國立臺北教育大學語文與創作系兒童文學教授 廖卓成

這套書很適合愛看鬼故事的讀者。

文學的趣味不止一端，莞爾會心是趣味，熱鬧誇張是趣味，刺激驚悚也是趣味。有人擔心鬼故事助長迷信，其實古典小說中，也有志怪小說一類，《聊齋誌異》就有不少鬼故事。何況，這套書的作者開宗明義的說：「這都是想像出來的故事」，不必當眞。

既然恐怖電影可以看，看鬼故事似乎也無妨；考試的書讀久了，偶爾調劑一下，對頭腦卻是有益。當然，如果看鬼片會連續失眠，妨害日常生活，那就不宜勉強了。

雋永的文學作品，應該有深刻的內涵；但不少兒童文學作品說教有餘，趣味不足。只要有趣味，而且不是害人爲樂的惡趣，就是好的作品。鮑姆（Baum）在《綠野仙蹤》的序言裡，挑明了他寫書就是爲了娛樂讀者。

倒是內行的讀者，不妨考校一下自己的功力，留意這套書的敘事技巧，由主角「我」來講故事，有甚麼效果？書中衝突的設計與化解，是否意想不到又合情合理？能不能有不同的設計？會不會更好？這是另一種引人入勝之處。

導讀

結局只是另一場驚嚇的開始

臺北藝術節藝術總監 耿一偉
臺北藝術大學戲劇系兼任助理教授

不知道大家還記不記得，小時候玩遊戲，比如捉迷藏等，都會有一個人要當鬼。鬼在這個遊戲中很重要，沒有鬼來捉人，遊戲就不好玩。這些遊戲的關鍵特色，不是人要去消滅鬼，而是要去享受人被鬼追的刺激樂趣。所以當鬼捉到人後，不是遊戲就結束，而是下一個人要去當鬼。於是，當鬼反而是件苦差事，因為捉人沒有樂趣，恨不得趕快找人來替代。所以遊戲不能沒有鬼，不然這個遊戲就不好玩了。

在史坦恩的「雞皮疙瘩系列」中，這些鬼所扮演的角色也是類似遊戲中的鬼，給我帶來閱讀與想像的刺激。各位讀者如果留意一下，會發現在他的小說中，都有一個類似的現象，就是結局往往不是一個對抗式的終局，一種善惡誓不兩立，以消滅魔鬼為最終目標的故事——這比較是屬於成人恐怖片的模式，不是你死，就是人類全部變殭屍。但「雞皮疙瘩系列」中，你的雞皮疙瘩起來了，可是結尾的時候，鬼並不是死了，而是類似遊戲一樣，這些鬼換了另一種角色，而且有下一場遊戲又要繼續開始的感覺。

礙於閱讀的樂趣，我無法在此對故事結局說太多，但各位看完小說時，可以再回想我在這裡說的，就知道，「雞皮疙瘩系列」跟遊戲之間，的確有類似性。換另一個角度來看，這些主角大多爲青少年，他們在生活中碰到的問題，如搬家面對新環境、男生女生的尷尬期、霸凌、友誼等，都在故事過程一一碰觸。

「雞皮疙瘩系列」令人愛不釋手的原因，也在於表面上好像主角是鬼，但讀到一半，你會感覺到，故事的重點不知不覺地從這些鬼怪轉移到那些被追的青少年身上，鬼可不可怕不是重點，重點是被追的過程中，一些青少年生活中的苦悶，也被突顯放大，甚至在故事中被解決了。所以你會在某種程度感受到，這本書的內容是在講你，在講你的生活，在講你的世界，鬼的出現，只是把這些青春期的事件給激化了。

另一個有趣的現象，是從日常生活轉入魔幻世界的關鍵點，往往發生在父母不在身邊，然後主角闖入不熟識空間的時候——比如《魔血》是主角暫住到姑婆家、《吸血鬼的鬼氣》是闖入地下室的祕道、《我的新家是鬼屋》是新家的詭異房間……等等。

因爲誤闖這些空間，奇怪的靈異事件開始打斷平凡無趣的日常軌道，一段冒險展開了，一場你追我跑的遊戲開始進行，而父母們往往對此毫無所悉，不知道自己的兒女在故事結束時，已經有所變化，變得更負責任，更勇敢。

「雞皮疙瘩系列」的意義，也在這個地方。在平凡無奇充滿壓力的青春期校園生活中，有那麼多不快樂、有那麼多鬼怪現象在生活中困擾著我們，但這無法跟家長說，因爲他們不能理解，他們看不到我們看到的。但透過閱讀，透過想像力所引發的鬼捉人遊戲，這些不滿被發洩，這些被學校所壓抑的精力被釋放了。

幸好有這些鬼怪的陪伴，日子不再那麼無聊，世界可以靠自己的力量改變。

終究，在青少年的世界裡，鬼怪並不是那麼可怕，在史坦恩的小說中，也往往會有主角最後拯救了這些鬼怪的情形，彷彿他們不是惡鬼，而比較像誤闖人類世界的外星人……這也是青少年的焦慮，他們正準備降臨成人世界，這件事讓他們起了雞皮疙瘩!!

這句英文怎麼說

匹茲鎮實在無聊透了。
There's nothing to do in Pitts Landing.

1.

「匹茲鎮實在無聊透了！」麥可．華納百般無聊的說著，他穿著一件剪短到膝蓋、褪了色的單寧布工作褲，雙手插在口袋裡。

「就是說嘛，匹茲鎮是無聊鎮。」葛雷格．班克斯馬上應和。

道格．亞瑟和沙麗．沃克也嗯嗯啊啊的附和著。

匹茲鎮是無聊鎮。這是葛雷格和他這幾個死黨給這個鎮的封號。說實在的，匹茲鎮就跟一般的小鎮沒兩樣，有幾條安靜的街道、綠草如茵的草坪，和舒適的老房子。

這一天，是一個舒爽宜人的秋天下午，這四個死黨在葛雷格家的車道上，無所事事的晃來晃去，不停的踢著碎石子，挖空心思想找些好玩刺激的樂子。

「我們去葛羅佛的店看看新的漫畫是不是來了。」道格提議。

「我們可是一毛錢都沒有，阿鳥。」葛雷格潑了一盆冷水。

大夥兒都叫道格「阿鳥」，因爲他長得眞的超像一隻鳥的。說得更精確一點，他的綽號應該叫做「鸛鳥」才對，他的雙腿又細又長，走起路來像鸛鳥一樣步伐很大。

道格有一頭濃密的褐髮，但很少梳理，總是亂糟糟的；小小圓圓的眼睛嵌著鳥一樣的棕色眼珠，長長的鼻子就像鳥喙一樣。道格不怎麼喜歡阿鳥這個綽號，不過他已經習慣了。

「我們還是可以在那兒看漫畫呀。」阿鳥很想說服大家。

「看到讓葛羅佛來吼你。」沙麗說著，並鼓著雙頰學老闆葛羅佛罵人的樣子：「你是要付錢呢，還是要繼續看？」

「他以爲他很酷，」葛雷格看著沙麗的模樣忍不住大笑，「其實他只是個討人厭的笨蛋。」

「我想這個星期會有新的《X戰警》。」阿鳥說。

這句英文怎麼說

他以為他很酷。
He thinks he's cool.

「你應該加入X戰警的！」葛雷格調侃的說著，還好玩的推了阿鳥一把，「你可以當鳥人，那會很棒的！」

「我們都應該加入X戰警的，」麥可說，「要是我們都變成超級大英雄，也許就會有事可做了。」

「才怪！」沙麗很快的接口，「在匹茲鎮根本沒有罪犯可抓。」

「可以抓雜草啊！」阿鳥說。

他可是這群人裡頭最愛說笑的一個。

其他人都笑了。他們四個認識很久了，葛雷格和沙麗比鄰而居，他們的父母是至交，而阿鳥和麥可就住在隔街。

「去打棒球如何？」麥可提議，「我們到運動場去。」

「不行，」沙麗說，「四個人怎麼打？」她邊說，邊將垂落在臉上的一綹微卷黑髮撩到後面去。她今天穿了一件超大的黃色上衣，蓋住鮮綠色的緊身褲。

「也許到了那裡會有別的小孩。」麥可說著，從車道上抓起了一把碎石子，再讓它們從他圓滾滾的指頭之間落下來。

麥可有一頭短短的紅髮、藍眼珠，和滿臉的雀斑。他其實並不胖，不過也沒人會說他瘦就是了。

「走吧，我們去打棒球！」阿鳥慫恿著，「我需要練習，再過幾天小聯盟賽就要開始了。」

「小聯盟賽？在秋天打？」沙麗問。

「這是新開辦的秋季聯賽，第一場比賽在星期四下課後。」阿鳥解釋。

「嘿……我們會去看你的。」葛雷格說。

「去看你被三振出局！」沙麗立刻接口。她的嗜好就是取笑阿鳥。

「你守哪個位置？」葛雷格問。

「捕手呀。」麥可挖苦的說。

沒有人笑。麥可老是說一些冷笑話。

阿鳥聳聳肩。「可能是外野吧。爲什麼你不參加呢，葛雷格？」

葛雷格肩膀寬闊，一身結實的肌肉，可說是天生運動員的料。他有一頭金髮，長得挺好看的，灰綠色的眼珠閃閃發亮，臉上總是掛著大大的、友善的微笑。

這句英文怎麼說

你守哪個位置？
What position are you playing?

「我老哥泰瑞原本應該要幫我報名的，但是他忘了。」葛雷格做了個氣惱的表情說著。

「泰瑞呢？」沙麗問。她有一點點「哈」葛雷格的老哥。

「他每週六和每天下課後都得到日記冰店打工。」葛雷格回答她。

「那我們到日記冰店去！」麥可迫不及待的說。

「我們一毛錢都沒有，你還記得吧？」阿鳥沒勁的說。

「泰瑞會請我們吃甜筒的。」麥可說著，用充滿希望的眼神注視著葛雷格。

「是啊，請我們吃甜筒，沒放冰淇淋的。」葛雷格說，「你們都忘了我老哥有多麼的循規蹈矩、誠實乖巧。」

「好無聊喔！」沙麗埋怨道，她望著一隻知更鳥跳過了人行道。「光是站在這裡不停的說我們有多無聊，實在有夠無聊的。」

「那我們就坐下來說好了。」阿鳥抿著嘴，裝出一副要笑不笑的呆樣。每次他要說一些不好笑的笑話時就這副德行。

「我們到處逛一逛、跑一跑吧。」沙麗不管其他人的反應，一個人穿過草坪走去。她那雙白色高筒運動鞋踩在車道邊的石塊上，還揮動著雙手保持平衡，像在走高空繩索一樣。

幾個男孩也跟著她走，當場玩起「追隨領袖」的遊戲，一起揮舞著雙手戰戰兢兢的走在那排石塊上。

一隻好奇的小獵犬從隔鄰的籬笆下衝出來，對著他們興奮的大吼。沙麗停下腳步來安撫牠。那隻狗猛搖著尾巴，不停的舔著沙麗的手。不一會兒，牠覺得不好玩了，就竄回籬笆後頭，一溜煙不見了。

這四個好朋友一路沿著街道往前走，一邊互相推擠著想把對方擠下去。他們過了街一直前進，經過了學校，只見幾個傢伙正在籃球場上投籃，還有幾個小孩在棒球場內野區踢球，不過都不是他們認識的朋友。

這條道路在轉過彎後，離學校越來越遠，他們沿路經過了許多看起來很相似的房子，然後就在一小片樹林之後停了下來，仰望著一片傾斜的草地。草地上的草不知道有多久沒割了，一眼望去到處都是高大的樹木，灌木四處叢生。

草地的最上頭，一幢搖搖欲墜的大房子趴伏在幾株巨大的老橡樹陰影下，不

這句英文怎麼說

我知道有什麼事可以好好樂一下了。
I know what we can do for excitement.

仔細看的話，很難發現它。

那棟大房子，任誰都看得出來，曾經非常壯觀，外牆上鋪著灰色石綿瓦，有三層樓，四周圍著隔離式的陽臺，紅色斜屋頂的兩端各有一座高高的煙囪。不過，二樓那幾扇破損的窗戶、飽受風吹雨淋破爛不堪的石綿瓦、屋頂上幾個光禿禿的大洞，以及滿布塵埃的窗戶旁垂掛著壞掉的百葉窗，都清楚的說明了這幢房子已經乏人照顧很久了。

每個住在匹茲鎮的人都知道，這棟房子叫做「柯夫曼屋」。柯夫曼這個名字就漆在屋前人行道上豎著的郵箱上。

事實上，這棟房子已經好久好久沒人住了——久到葛雷格他們幾個都想不起來是多久了。

而且鎮上的人喜歡傳一些跟這棟房子有關的故事：好比鬧鬼啦，曾經發生凶殺案之類的瘋狂、奇怪的傳說。但是，幾乎沒一件是真的。

「嘿——我知道有什麼事可以好好樂一下了。」麥可說著，抬眼注視著陰影中的那棟房子。

「呃？你是什麼意思？」葛雷格小心翼翼的問。

「我們到柯夫曼屋裡去。」麥可說著，跨步走進雜草叢生的草地。

「哇！你瘋了嗎？」葛雷格大聲說道，一邊急急忙忙的追上去。

「走啦！」麥可說。午後的陽光從老橡樹的枝葉間滲透出來，照進他的藍眼珠，發出晶亮的光采。「我們不是想要冒險嗎？不是想找點刺激的事來做嗎？走啦……我們進去裡頭看看。」

葛雷格遲疑的直盯著那棟房子，一股涼意從他背脊竄了上來。

他還沒來得及回答，一個黑影忽然從高大的雜草叢裡竄了出來，朝他猛撲！

這句英文怎麼說

是那隻笨獵犬！
It's that dumb cocker spaniel!

2.

葛雷格嚇得往後一跌，坐在地上。「啊！」他發出一聲驚叫，然後就聽見其他人哈哈大笑。

「是那隻笨獵犬！」沙麗驚呼，「牠跟著我們！」

「回去，狗兒，回去！」阿鳥發出噓聲把狗趕走。

那隻狗快步走到路邊，又猛然轉過頭來注視著他們，粗短的尾巴還在急速搖擺著。

葛雷格覺得自己剛剛的樣子實在糗斃了，他站起身來等著他的朋友聯合起來嘲笑他。然而，他們只是若有所思的瞪視著柯夫曼屋。

「好吧，麥可說的對。」阿鳥說著，重重的在麥可背上一拍，這一掌打得麥

可全身一縮，也轉過身來還他一拳。「我們去看個清楚，那屋子裡究竟是怎麼回事。」

「不要，」葛雷格說著，往後一退，「我的意思是，那棟房子實在很詭異，你們不覺得嗎？」

「那又怎樣？」沙麗加入麥可和阿鳥的陣營反問他，而他們倆也學著沙麗的口氣質問：「那又怎樣？」

「怎樣？……我也不知道。」葛雷格回答。他不喜歡當團體中最懂事的人，成為大家取笑的對象。他寧可自己又野又瘋，可是不管怎樣，最終他還是最懂事的那一個。

「我覺得我們還是不要進去比較好。」他說著，並抬起眼凝視著那棟破舊的老房子。

「你是膽小鬼嗎？」阿鳥問。

「膽小鬼！」麥可跟著說。

阿鳥開始大聲咕咕叫，兩手反插在胳肢窩下，前後擺動著手臂。他的圓眼睛

這句英文怎麼說

看，前門旁邊的窗戶破掉了。
Look. The window next to the front door is broken.

和鳥喙一樣的鼻子，讓他看起來活脫脫的就像一隻雞。

葛雷格並不想笑，可是他還是忍不住笑了出來。

阿鳥總是有辦法逗他發笑。

雞叫聲和拍翅的動作為他們剛才的爭論下了決定。不一會兒，他們已經來到屋前頹圮的水泥臺階，從這兒爬上去就是陽臺。

「看，前門旁邊的窗戶破掉了！」沙麗說，「只要伸手進去就可以把門打開。」

「太酷了！」麥可興奮的說。

「我們真的要這麼做嗎？」葛雷格做為團體中最懂事的一員，必須再一次這麼問，「我是說……要是碰到蜘蛛漢怎麼辦？」

蜘蛛漢是一個大約五、六十歲、相貌古怪的老男人，他們常在鎮上看到他鬼鬼祟祟的四處遊走。他總是穿著一身黑，拖著兩隻又長又細的長腿，看起來就像一隻黑蜘蛛似的，因此鎮上的小孩都喊他「蜘蛛漢」。

他應該是個流浪漢吧，沒有人知道他真正的來歷——他打哪裡來的、他住在哪裡。不過，有很多小孩看過他在柯夫曼屋附近出沒。

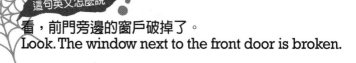

「說不定蜘蛛漢不喜歡有人來吵他。」葛雷格提出警告。

可是沙麗已經走到前門，從破掉的窗玻璃伸手進去開門。她費了一點勁轉動銅門把，接著厚重的木門咿呀一聲盪開了。

他們一個一個踏進黑暗的入口，葛雷格不情願的跟在隊伍的最後。房子裡黑漆漆的，只有一道細細的陽光從門前濃密的樹影中篩進來，在他們腳下破損的棕色地毯上，形成一個圓弧形的微弱光圈。

當葛雷格他們走向客廳時，地板不停的發出嘎吱聲，整個客廳空蕩蕩的，只有幾個雜貨店用的大紙箱翻倒在其中的一面牆邊。

那是蜘蛛漢的家具嗎？葛雷格心想。

客廳的地毯就像進門處的地毯一樣破舊，而且它的正中央有一塊橢圓形的污漬。葛雷格和阿鳥站在走道上，兩個人幾乎同時注意到了。

「那是血漬嗎？」阿鳥問，他的小眼睛閃爍著興奮的光芒。

葛雷格覺得頸子後面一陣涼颼颼的。「說不定是番茄醬。」他回答。阿鳥聽了放聲大笑，在他背上重重一拍。

這句英文怎麼說

牠們看起來就像卡通老鼠。
They look just like cartoon mice.

沙麗和麥可則是到廚房探險。當葛雷格來到他們身後時，他們正盯著廚房裡布滿了厚厚一層灰塵的櫃檯。他一眼就發現，是什麼吸引了這兩人的注意。只見兩隻又肥又大的老鼠正站在櫃檯的最頂端，不甘示弱的回瞪著他們。

「好可愛喔，」沙麗說，「牠們看起來就像卡通老鼠。」

她的聲音使得那兩隻嚙齒類動物飛也似的沿著櫃檯奔向水槽，一下子就消失不見了。

「好噁！」麥可做出快吐了的表情，「我覺得那應該是水溝裡的大老鼠，不是一般住家裡的小老鼠。」

「大老鼠尾巴很長，小老鼠不是。」葛雷格對他說。

「那兩隻肯定是大老鼠沒錯。」阿鳥喃喃的說著，推開他們回到走廊，朝屋子的前頭走去。

沙麗走向前去，打開櫃檯上的一個抽屜，裡頭是空的。「我猜蜘蛛漢從來不開伙的。」她說。

「嗯，我想他不是一個講究美食的大廚。」葛雷格開玩笑的說。

他跟著沙麗走進狹長的餐廳，這裡跟其他房間一樣，空蕩蕩的，到處都是灰塵。一座低矮的枝形吊燈從天花板垂掛下來，但是上頭結了厚厚一層褐色的塵土，已經完全看不出那是玻璃燈了。

「這兒好像鬼屋喔！」葛雷格輕聲的說。

「呸！」沙麗輕蔑的回答。

「這裡沒什麼好看的，」葛雷格埋怨道，跟著沙麗走回陰暗的走廊。「只有一堆堆的灰塵讓你渾身打哆嗦罷了。」

冷不防的，一陣巨大的劈啪聲嚇得他跳了起來。

沙麗大笑，用力握了他的肩膀一下。

「什麼東西？」他嚇得大叫出聲。

「老房子就是這樣，」她說，「總是會無緣無故的發出怪聲。」

「我們該走了，」葛雷格催促道，再一次對自己動不動就顯得那麼害怕的樣子感到很糗，「這裡太無聊了。」

「來我們不該來的地方其實挺刺激的！」沙麗說著，看一下漆黑的空房間一眼——也許以前那是一間休息室或書房吧。

「或許吧。」葛雷格回答得很勉強。

就在這時，他們碰到了麥可。

「阿鳥呢？」葛雷格問。

「我想他大概到地下室去了。」麥可回答。

「什麼？地下室？」

麥可指著走廊右邊一扇敞開的門。「樓梯在那兒。」

他們三個一起走到通往地下室的樓梯最上頭，凝望著一片黑漆漆的地下室。

「阿鳥？」

阿鳥發出了一陣驚恐的尖叫，他的叫聲從地下室一個很深的地方傳了上來：

「救命啊！它抓住我了！誰……誰來救我啊！它抓住我了！」

這句英文怎麼說

樓梯在那兒。
The stairs are there.

3.

「它抓住我了！它抓住我了！」

一聽見阿鳥充滿驚懼的呼救聲，葛雷格不由分說的推開了沙麗和麥可，他們兩個早已嚇得張大了嘴，僵在原地無法動彈了。葛雷格幾乎是從又高又陡的樓梯直溜而下，他大聲呼叫他的朋友：「我來了！阿鳥！你怎麼了？」

他站在樓梯的最底下，一顆心怦怦亂跳，全身的肌肉因太過害怕而緊繃著。微弱的光線從地下室天花板四周的窗戶透了進來，他費力的張大眼睛在一片昏暗中搜尋著。

「阿鳥？」

他看見阿鳥了。只見阿鳥舒舒服服、若無其事的端坐在一個翻倒的金屬垃圾

這句英文怎麼說

你又在耍我們了嗎？
You were goofing on us again?

桶上，翹著二郎腿，鳥臉般的臉龐掛著一副誇張的笑容。

「騙到你了。」他輕輕說著，然後爆出一陣狂笑。

「你怎麼了？發生了什麼事？」沙麗和麥可發出驚恐的聲音高喊著，一邊飛奔下樓，在葛雷格身邊停了下來。

他們一下子就明白到底是怎麼回事了。

「又是一個無聊的把戲？」麥可問，他的聲音還因剛剛的恐懼而微微顫抖。

「阿鳥——你又在耍我們了嗎？」沙麗問，不以爲然的搖著頭。

阿鳥覺得很樂，他點了點頭，臉上還掛著邪邪的招牌笑容。「你們實在太好騙了。」

他譏諷的說。

「可是，道格……」沙麗開口了，她只有在對他非常生氣時才叫他的名字。

「你沒聽過那個『狼來了』的故事嗎？要是你眞的碰到了什麼危險向我們求救，而我們卻認爲你在耍我們，到時候你怎麼辦？」

「怎麼可能有什麼危險？」阿鳥一臉得意的回答。他站起來，以手勢比了比

整個地下室。「看吧……這裡比樓上還亮。」

他說的對。後院的陽光就像瀑布一般，從地下室天花板旁的四面長窗灑了進來。

「我還是覺得我們應該趕快離開這兒。」葛雷格不死心的勸說著，一邊掃視著這個凌亂的大空間。

阿鳥剛剛坐的那個垃圾桶後頭，有一張由三夾板和四個油漆桶隨便拼湊起來的桌子。一張還算平坦、滿是污漬的床墊靠在牆邊，床墊尾端則擺了一張摺好的褪色毛毯。

「蜘蛛漢一定是住在這個地下室！」麥可大聲說。

阿鳥一邊走，一邊踢開丟得滿地都是的食物空盒——大部分都是電視餐。

「嘿，有一份『飢餓的人』的晚餐耶！」他高聲說，「蜘蛛漢到哪裡去加熱呢？」

「說不定他就直接吃冷凍食物。」沙麗說，「就像吃冰棒一樣，是吧？」

她走向一座高聳的橡木衣櫃，拉開櫃子門。「哇！太棒了！」她高聲說，「你

這句英文怎麼說

蜘蛛漢到哪裡去加熱呢？
Where does Spidey heat these up?

們看！」她拉出一件破舊的毛皮大衣圍在肩膀上，「太棒了！」她重複說道，並披著那件舊大衣不停的轉圈圈。

葛雷格從房間的另一頭看過去，只見那座衣櫃裡掛滿了舊衣服。麥可和阿鳥也跑過去加入沙麗，把一大堆怪裡怪氣的喇叭褲、前襟打摺發黃的禮服襯衫、大約一呎寬的結染法染的領帶，和一堆鮮豔的圍巾、領巾，通通都拉了出來。

「嘿，你們難道不認爲這些東西有可能是某一個人的嗎？」葛雷格擔心的警告他們。

阿鳥的脖子和肩膀上圍著一條毛絨絨的紅色毛皮圍巾，快速的旋轉著。「耶，這些都是蜘蛛漢玩扮裝遊戲的衣服！」他裝模作樣的說。

「看看這頂怪帽子。」沙麗轉過身來，向大家秀她剛剛才戴上去的那頂亮紫色寬邊帽。

「帥呆了！」麥可說著，專注的察看著一件藍色長斗篷。「這玩意兒至少有二十五年以上的歷史，實在太正點了！怎麼會有人捨得把它丟在這兒？」

「說不定他們會回來拿啊。」葛雷格提醒他。

當他們三個在衣櫥裡翻箱倒櫃的時候，葛雷格卻走到了地下室另一頭。最遠的那面牆上有一座暖氣爐，老舊的爐管布滿了蜘蛛網。暖爐爐管後頭隱隱約約可以看到部分的臺階，或許那是通往外頭的出口吧。

鄰近的牆上釘了幾排木頭架，亂七八糟的堆著一些舊油漆罐、破布、報紙和幾把生鏽的工具。

葛雷格心想，不管誰曾住在這兒，想必是個工匠或做雜活的人。他仔細研究著架子前方的一張木製工作檯，檯子的邊緣固定著一把虎頭鉗。葛雷格轉動把手，心想應該會把鉗口轉開來。

但是出乎意料之外的，他一轉動虎頭鉗的把手，工作檯正上方的一扇門卻突然打開了。

葛雷格把那扇門整個拉開，發現裡頭有一個陳列架。

放在架子上的是一台相機。

這句英文怎麼說

放在架子上的是一台相機。
Resting on the shelf was a camera.

4.

有好長一段時間，葛雷格只是瞪著那台相機看。

第六感告訴他，這台照相機一定是因爲某種特殊的理由才會藏在這兒。

第六感也告訴他，千萬不要去碰那台相機。他應該馬上關上那道密門，掉頭走開。

可是他卻無法抗拒那種誘惑。

他伸手到架子上，把那台相機拿了下來。

很容易拿下來嘛。葛雷格才這麼想，忽然，那道密門碰的一聲重重的關上了。

怪事，他不禁想，一邊轉動著手上的相機。

怎麼會把相機放在這麼奇怪的地方呢？爲什麼會有人把它放在這裡？如果眞

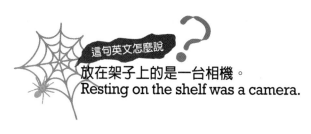

的有這麼貴重必須藏在密門裡，爲什麼不乾脆把它帶走就好了？

葛雷格興致盎然的端詳著那台相機。它很大，而且比想像中的沉重，有一副長鏡頭。說不定這是一個望遠鏡頭呢，他想。

葛雷格對相機很感興趣。他有一台便宜的自動相機，拍一般的快照效果還算ＯＫ，可是他正在努力存錢，好買一台能更換各種鏡頭的高級相機。

他很喜歡看相機雜誌，研究不同的款式，挑選他想要買的機種。

有時候，他也會做白日夢，夢想著環遊世界各國，遊遍奇境美景，登上名山高峰或是深入叢林大河。他要把他看到的所有景物都拍下來，成爲一個舉世聞名的攝影家。

他家裡的那台相機實在太破了，難怪拍出來的照片要不是太暗就是太亮，而且相片裡的每個人眼睛都有紅點。

葛雷格猜想著不知道這台相機會有多棒。

他把眼睛湊到觀景窗上，透過鏡頭環顧整個房間。他看到麥可時停了下來，只見麥可正圍著兩條鮮黃色的毛皮圍巾，戴上一頂寬邊高筒牛仔帽，爬到了最高

這句英文怎麼說

我來幫你拍一張照。
Let me take your picture.

的臺階拚命擺姿勢。

「等等！別動！」葛雷格高聲喊道，一邊往前走了幾步，一邊舉起相機。「我來幫你拍一張照，麥可。」

「你哪來的相機呢？」阿鳥問。

「那玩意兒裡面有底片嗎？」麥可高喊。

「我也不曉得，」葛雷格說，「拍拍看就知道了。」

麥可靠在樓梯的扶手上，擺出他自以爲最老練的姿勢。

葛雷格舉起相機，認眞的對焦，他花了好一會兒的時間才把指頭準確的放到快門上。「要拍了，好了嗎？笑一個，一……」

「切……」麥可故意說，他緊靠著扶欄，一邊往下對著葛雷格發出奸笑。

「很好笑，麥可是個大笑彈。」阿鳥挖苦的說。

葛雷格從觀景窗裡對準麥可，按下了快門。

相機發出喀擦一聲，緊接著閃光燈一閃。

相機又發出自動捲片的聲音。接著，底部的一道溝槽打開了，一張四四方方的紙板滑了出來。

「嘿……這是拍立得相機耶！」葛雷格高聲說，拉出照片仔細察看。「你們看……開始有影像顯現出來了。」

「給我看一下。」麥可靠在欄杆上往下喊。

可是他還沒來得及往下走，大夥兒就聽見巨大的碎裂聲。

他們抬頭望向發出碎裂聲的地方……只見欄杆斷掉了，麥可整個人正在往下掉。

「不……！」麥可發出淒厲的尖叫，雙手大張往下掉，那兩條毛皮圍巾也在他身後飄了下來，好像他長了尾巴似的。

他在半空中轉了個身，背部重重的摔在水泥地板上，雙眼因爲強烈的驚嚇瞪得又圓又大。

他的身體彈了一下。

然後又放聲大叫：「我的腳踝！噢！我的腳踝！」他抓住那隻受傷的腳踝，又猛然放開，同時發出一聲痛苦的驚喘。看起來是一碰就痛得不得了。

這句英文怎麼說

我們會出去求救的。
We'll go get help.

「噢……！我的腳踝！」

葛雷格仍緊抓著相機和照片，跑過去看麥可。沙麗和阿鳥也緊跟在後。

「我們會出去求救的。」沙麗對麥可說，而麥可只是躺在地板上不斷的呻吟。

這時，他們聽到了天花板發出嘎吱聲。

是腳步聲。在他們正上方。

有人在這棟房子裡。

有人靠近通往地下室的樓梯。

他們就要被逮住了！

5.

頭頂上的腳步聲越來越響。

他們四個交換了一個驚駭的眼神。

「我們得趕緊離開這兒。」沙麗悄聲說。

天花板依舊嘎吱嘎吱的響。

「你們不能把我留在這兒！」麥可焦急的說，他勉強讓自己撐著坐了起來。

「快……站起來！」阿鳥說。

麥可吃力的挪動雙腳。「我沒辦法站起來！」他露出驚慌的表情。

「我們會幫你！」沙麗說著看了阿鳥一眼。「我扶一邊，你扶另一邊。」

阿鳥順從的走向麥可，把麥可的手臂抬起來繞在自己肩膀上。

這句英文怎麼說

暖爐後面還有另一座樓梯。
There's another stairway behind the furnace.

「好了，我們走吧！」沙麗壓低聲音說著，從另一邊扶住麥可。

「可是我們要怎麼出去呢？」阿鳥不安的問。

腳步聲越來越響。地板也發出巨大的嘎吱聲。

「我們不能從那座樓梯上去。」麥可倚靠在沙麗和阿鳥身上，小聲的說。

「暖爐後面還有另一座樓梯。」葛雷格指著暖爐對他們說。

「那裡通往外面嗎？」麥可問，又痛得一縮。

「也許吧！」葛雷格在前面帶路，「我們只能祈禱那扇門沒有掛鎖之類的東西。」

「是啊，我們正在禱告，阿們，阿們。」阿鳥正經八百的宣示。

「我們快走吧！」沙麗吃力的撐著麥可，呻吟著說。

麥可在沙麗和阿鳥攙扶下，一跛一跛的跟在葛雷格後頭，走向暖爐後頭的樓梯。從底下往上看，那座樓梯通往一扇位在地面的雙門木門。

「我沒看見有掛鎖。」葛雷格一副戒慎恐懼的樣子說著，「拜託、拜託，門是……開的！」

「喂……誰在下面？」

忽然一個憤怒的男人叫聲從他們身後傳來。

「那是……那是蜘蛛漢！」麥可結結巴巴的說。

「快！」沙麗催促著，驚慌的推了推葛雷格。「快走！」

葛雷格把相機放在階梯最上頭，伸出雙手抓住兩邊的門把。

「是誰在下面？」蜘蛛漢的聲音更近了，而且聽起來更怒不可抑。

「門可能從外面鎖上了。」葛雷格焦急的壓低嗓子說。

「用力推開不就得了，老兄！」阿鳥氣急敗壞的指示。

葛雷格深深的吸了一大口氣，使盡全力往前推。但門文風不動。

「我們被困住了。」他宣告。

這句英文怎麼說

門可能從外面鎖上了。
The doors could be locked from the outside.

6.

「現在怎麼辦？」麥可發出一聲哀鳴。

「再試一次。」阿鳥催促著葛雷格，「說不定只是卡住了。」他從麥可手臂下輕輕滑出來，「來，我來幫你。」

葛雷格挪出位置讓阿鳥站在旁邊。「好了嗎？」他問，「一、二、三……推！」

他們使盡了吃奶的力氣拚命往前推。

木門盪開了。

「太好了！我們快走吧！」沙麗高興的說。

葛雷格拿起臺階上的相機率先走了出去，只見眼前的整片後院就像前庭一

樣，長滿了高大的雜草。一大段枝幹從一株老橡樹上倒下來，或許是被暴風雨擊落的吧，粗大的樹幹一半掛在樹上，一半掉到了地上。

阿鳥和沙麗費了好大的力總算把麥可扶了上來，一起走到草地上。

「你能走嗎？你試試看。」阿鳥說。

麥可靠在他們兩個身上，勉強把受傷的腳放在地上，並試著抬了抬腳，再把腳往前伸。

「嘿，好一點了！」他驚訝的說。

「那我們快走吧！」阿鳥說。

他們跑向圍在院子四周的高樹籬，麥可不再要人攙扶，自己小心翼翼的踩著那隻受傷的腳，努力的跟在後頭。

他們繞著樹籬往前走，不久就來到了房子的前院。

「沒事了！」當他們從前院跑出街道後，阿鳥不禁高興的大叫，「我們成功了！」

葛雷格氣喘吁吁的站在路邊，回過頭去看那棟房子。「你們看！」他大喊，

這句英文怎麼說

多謝你提醒我。
Thanks for reminding me.

指著客廳的窗戶。

只見一個黑色身影站在窗邊，雙手緊緊抵在玻璃上。

「是蜘蛛漢。」沙麗說。

「他只是……一直瞪著我們看。」麥可大叫。

「太詭異了，」葛雷格說，「我們快走。」

他們連歇口氣都沒有，一路狂奔回麥可家。這是一棟農莊式的紅木平房建築，前院有一片大草坪。

「你的腳踝沒事吧？」葛雷格問。

「好多了，已經不那麼痛了。」麥可說。

「老兄，你差點就沒命了耶！」阿鳥扯開喉嚨吼道，一邊抬起手用袖子抹掉前額的汗珠。

「多謝你提醒我。」麥可不領情的說。

「還好你肉多，算你走運！」阿鳥取笑他。

「閉嘴！」麥可喃喃的說。

「是嘛，你們這些傢伙想要冒險嘛！」沙麗說著，靠在樹幹上。

「那個蜘蛛漢眞的超邪門的。」阿鳥邊說邊搖頭。

「你看到他瞪著我們看的樣子了嗎？」他問，「他一身黑，那個樣子看起來就好像是巫毒教之類的。」

「他看見我們了！」葛雷格輕聲說，並忽然打了一個冷顫。「他知道是我們四個，我們不應該進去那棟房子的。」

「爲什麼？」麥可反問，「那又不是他的房子。他只不過是在那兒睡覺，我們可以報警抓他。」

「可是萬一他眞的瘋了或抓狂了，誰敢保證他不會做出什麼事來？」葛雷格深思了一會兒說。

「拜託，他不會對我們怎麼樣的，」沙麗沉著的說，「蜘蛛漢也不想要惹麻煩，他只不過是要我們離他遠一點。」

「對嘛，」麥可大表贊同，「他很不高興我們把他的東西弄得一團糟，所以

這句英文怎麼說

蜘蛛漢也不想要惹麻煩。
Spidey doesn't want trouble.

才會那樣對我們大吼，追著我們跑。」

麥可彎下身去撫摸他的腳踝。

「嘿，我的照片呢？」他大聲問，一面直起身體來轉身對著葛雷格。

「什麼？」

「你知道的，你用那台相機拍的照片啊。」

「噢，對喔！」葛雷格這才猛然察覺自己還死命的抓著那台相機。

他小心翼翼的把相機放在草地上，伸手到褲子後面的口袋裡。「我們跑出來的時候，我把照片放進口袋裡了。」他解釋著。

「怎樣？影像出來了嗎？」麥可急切的問。

其他三個人也都圍過來看。

「哇……慢著！」葛雷格大叫，瞪視著眼前那張小小的正方形相片。「不對啊，這究竟是怎麼回事？」

7.

這四個死黨目瞪口呆的望著葛雷格手中的照片，每個人都驚訝得張大了嘴，說不出話來。

相片裡是麥可從斷裂的欄杆跌落在半空中的景象。

「不可能！」沙麗大叫。

「你是在我跌下去之前拍的啊！」麥可高喊，他從葛雷格手中搶過那張相片，好看得更仔細一點。「我記得是這樣。」

「你記錯了！」阿鳥說著，靠過來越過麥可的肩膀注視著那張相片。「你掉在半空中耶，老兄，這個鏡頭抓得眞好。」他拿起地上的相機，「你偷來的相機還不賴喔，葛雷格。」

這句英文怎麼說

你記錯了。
You remembered wrong.

「我沒有偷，」葛雷格辯解道，「我是說，我不明白……」

「我還沒有掉下來！」麥可堅持的說，他斜拿著那張相片，從每一個角度仔細端詳著，「我在擺姿勢，記得嗎？我故意裝了一個大大的蠢笑，然後擺了一個姿勢。」

「我記得那個蠢笑臉，」阿鳥說著，把相機還給了葛雷格，「你就不能換一些別的表情嗎？」

「這一點都不好笑，阿鳥。」麥可喃喃的說，並把相片放進了口袋裡。

「好詭異，」葛雷格說著，瞥了手錶一眼，「糟了……我得趕快回去了。」

他道了再見，便朝回家的方向走去。暮色漸漸低垂，近晚的陽光已經躲到一排棕櫚樹後頭，映照在人行道上，留下一道道長長的陰影。

他答應媽媽要在晚餐前把自己的房間整理好，把家裡的地板吸乾淨。可是他卻這麼晚才回來。

車道上那輛陌生的車子是誰的呢？他小跑步穿過鄰居的草坪，跑向家門口。

那是一輛全新的、深藍色的廂型休旅車。

爸爸的新車交車了！他心想。

哇！葛雷格停下來盡情欣賞著那輛新車。車窗上還貼著貼紙呢。他打開車門，靠向前去，聞著橡膠椅墊的氣味。

嗯……是新車的味道。

他又深深的吸了一口氣，聞起來好棒，充滿了新鮮的氣息。

他用力關上車門，聽到結實的一聲「喀」——車門緊閉的聲音，不禁感到一陣雀躍。

好棒的新車，他興奮的想。

他舉起相機，從車道上後退了幾步。

我得替這輛車拍張照留念，他想。這樣他們就可以永遠記得這輛車全新的樣子了。

他後退了好幾步，直到把整輛車都納進觀景窗裡才停下來，然後按下了快門。

像之前一樣，相機發出了響亮的喀擦聲，閃光燈也閃了一下，接著是自動捲

這句英文怎麼說

爸爸的新車交車了！
Dad picked up our new car!

片聲，一張四方形還沒有完全顯影的灰黃色相片從底部滑了出來。

葛雷格抓著相機和照片，穿過前門跑進屋子裡。「我回來了！」他高喊，「我馬上就下來！」他說著，飛也似的奔上鋪著地毯的樓梯，跑向他的房間。

「葛雷格？是你嗎？你爸在家。」他媽媽從樓下喊著。

「我知道，我馬上下來，抱歉我太晚回來了！」葛雷格回喊。

他得把相機藏起來，他心想。假如爸媽看見這台相機，一定會問是誰的，在哪裡拿的，而他實在不知道該怎麼回答。

「葛雷格……你看到我們的新車沒？你要下來了嗎？」他媽媽站在樓梯底下不耐煩的問。

「我下來了！」他喊。

他慌張的想找到一個好地方來藏那台相機。

床底下？

不行。媽媽吸地板時很可能會吸床底下，那就穿幫了。

葛雷格想起了他的床頭板裡有一個小夾層。早在很多年以前他爸媽幫他買這組新床組時，他就發現了床頭板裡的夾層了。

動作快！他很快的把相機塞了進去。

他站到鏡臺前，匆匆梳了兩下頭髮，光著手把沾在臉上的一塊黑煤灰抹掉，然後快步走向房門口。

他在走廊上停了下來。

車子的那張快照呢？他把它放到哪裡去了？

他想了一會兒，才猛然想起剛剛順手把相片扔在床上了。他很好奇到底拍出來是什麼樣子，於是轉身跑回去拿。

「噢，不！」

他注視著那張快照，不由得發出一聲低呼。

這句英文怎麼說

這輛車幾乎是撞得全毀了！
The car appeared totaled!

8.

這到底是怎麼回事？葛雷格不禁納悶。

他把相片湊近眼前。

不對啊，他想。怎麼會是這樣呢？

相片裡，那輛深藍色的休旅車爛成了一團，看起來就像剛發生了一場驚天動地的車禍。擋風玻璃支離破碎，金屬片扭曲變形，駕駛座的車門整個塌了進去。

這輛車幾乎是撞得全毀了！

「不可能！」葛雷格大聲的自言自語。

「葛雷格，你在哪兒？」他媽媽喊著，「我們都餓壞了，都在等你下來吃飯。」

「對不起，」他回道，無法把視線從那張快照上移開，「我下來了。」

他把那張相片塞進鏡臺櫃子最上面的抽屜，走下樓去，但是那輛車子全毀的影像卻在他腦海裡揮之不去。

他想確認一下，於是穿過客廳，從前面的窗戶望向車道。

那輛休旅車就停在那兒，沐浴在夕陽下閃閃發亮、完美無瑕。

他轉身走進餐廳，他老哥和爸媽都已經坐在餐桌前了。

「那輛新的休旅車實在是帥呆了，爸。」葛雷格說著，想把那張快照上的影像甩到腦後。

可是，那扭曲的金屬片、凹陷的駕駛座車門、破碎的擋風玻璃卻不斷的浮現在他眼前。

「吃過飯後，」葛雷格的父親愉快的宣布，「我開新車載你們去兜風！」

這句英文怎麼說

我開新車載你們去兜風。
I'll taking you all for a drive in the new car.

「嗯……這雞肉很好吃耶，媽。」葛雷格的哥哥泰瑞一邊說，一邊嚼著。

「謝謝你的讚美，」班克斯太太正經八百的說，「可是這是小牛肉……不是雞肉。」

葛雷格和他老爸爆出一陣大笑，泰瑞的臉馬上脹紅了。

「哦，」他還是一邊嚼，一邊說，「這可眞是很棒的小牛肉，就跟雞肉一樣好吃！」

「我眞不知道我爲什麼要那麼費事的做菜。」班克斯太太嘆了口氣。

班克斯先生換了個話題。「你在日記冰店做得怎樣？」他問。

「今天下午我們的香草口味都賣光了，」泰瑞說著，又起了一個小馬鈴薯整

個塞進嘴裡，嚼了幾下就吞了下去。「有些客人很生氣。」

「我想我不能去兜風，」葛雷格垂著眼睛，盯著眼前幾乎連碰都沒碰的晚餐，「我是說……」

「爲什麼不能去？」他父親問。

「嗯……」葛雷格想了好久，想找個好理由。他得編出一個理由才行，可是他的腦筋一片空白。

他不能告訴他們實話。

他不能告訴他們，他幫麥可拍了一張快照，照片裡顯示出麥可跌下樓梯的情景，而就在幾秒鐘之後，麥可眞的摔下樓了。

他也不能告訴他們，他剛剛給新車拍了照，而照片裡，那輛車子全毀了。

葛雷格不確定那張相片上的景象意味著什麼，然而，他卻突然感到一股強烈的恐懼、害怕，還有……一種他說不清道不明的情緒。

一種他從來沒有過的困惑與不安。

可是他卻不能告訴他們這些。因爲那眞的太詭異、太瘋狂了。

這句英文怎麼說

你發燒了嗎？
Do you have a temperature?

「我……我已經計畫好要去麥可家玩了。」他撒了一個謊，眼睛只敢盯著餐盤看。

「這樣吧，你打電話告訴他，你明天再去他家。」班克斯先生說著，一邊切著小牛肉，「這沒問題的。」

「嗯，我還覺得有點不舒服。」葛雷格說。

「怎麼了？」班克斯太太立刻關心的問，「你發燒了嗎？我覺得你剛進餐廳時臉色有點紅。」

「沒有，」葛雷格不自在的回答，「我沒發燒，只是很累，沒什麼胃口。」

「那我可以吃你的雞肉……我是說，小牛肉嗎？」泰瑞迫不急待的問。他伸出叉子越過餐桌，一把叉走葛雷格盤子裡的薄肉片。

「嗯，也許兜兜風能讓你覺得舒服一點。」他爸爸說著，懷疑的注視著葛雷格，「你知道的，去呼吸一點新鮮的空氣。如果你願意的話，也可以在後座躺下來。」

「可是，爸……」葛雷格住嘴了，他已經把腦海裡想得到的藉口都用完了，如果他說他要在星期六晚上留在家裡寫作業，那是打死他們也不會相信的！

「你跟我們一起去，就這樣了。」班克斯先生說著，還是注視著葛雷格。「你一直都巴望著這輛新車趕快交車，我實在不明白你到底怎麼了？」

我也不明白，葛雷格對自己承認。

我一點都不明白。爲什麼我這麼害怕坐這輛新車去兜風？只因爲那台不知道出了什麼差錯的笨相機？

我實在太蠢了，葛雷格心想。試著想把那股讓他胃口全失的恐懼感徹底的甩到腦後。

「好的，爸爸，太棒了，」他說，努力擠出一個笑容，「我去。」

「還有馬鈴薯嗎？」泰瑞問。

這句英文怎麼說

你們繫緊安全帶了嗎？
Are your seat belts buckled?

10.

「這輛車很好開！」班克斯先生說，並加速開上了快速道路的交流道。「就像在開小轎車一樣，不像是在開休旅車。」

「後座的空間很寬敞，爸。」泰瑞說著，他坐在葛雷格旁邊，把整個身體放低，抬起膝蓋抵住前座的後背。

「嘿，你們看……儀表板這裡可以拉出一個放飲料的架子。」葛雷格的媽媽高聲說，「太棒了！」

「棒透了，媽。」泰瑞語帶譏諷的說。

「要知道，我們以前的車子從來就沒有飲料架。」班克斯太太回答，她轉過頭對兩個男孩說，「你們繫緊安全帶了嗎？沒問題吧？」

「嗯，沒問題。」泰瑞答道。

「我把車開回來之前，賣車的人就在展示場裡檢查過安全帶了。」班克斯先生說著，打了左邊的方向燈，換到左線道。

一輛卡車呼嘯而過，排出一大片灰濛濛的廢氣。葛雷格從前座的車窗往外看，卡車的後車窗到現在還貼著新車的貼紙呢。

班克斯先生下了快速道路，轉進一條幾乎沒有任何車輛通行、西向的四線道高速公路。

遠處煤灰色的天空下，西沉的太陽像一顆大火球落在地平線上。

「爸，你加速前進，」泰瑞坐直身體向前靠，慫恿著，「看看這輛車子能跑多快。」

班克斯先生踩下了油門。「應該可以開到六十哩吧。」他說。

「開慢一點！」班克斯太太斥責道，「你知道這裡限速五十五哩的。」

「我只是要測試一下，」葛雷格的父親不高興的反擊，「妳知道的，我只是要確認一下傳動裝置有沒有問題。」

這句英文怎麼說

我應該把前燈打開了。
I should turn on my headlights.

葛雷格緊盯著計速器上不斷飆高的數字，現在已經飆到七十了。

「慢下來！我是說真的！」班克斯太太堅持的說，「你現在的樣子就像失控的青少年。」

「那就是我！」班克斯先生大笑著回答。「這實在棒透了！」他學著泰瑞的語氣，不理會班克斯太太的要求。

他們從右線道上的幾輛小車旁呼嘯而過，暮色越來越重的夜裡，和他們反方向的車輛前燈，就像一道道模糊的白光不停射向他們。

「嘿，葛雷格，你怎麼一直都不說話呢？」他媽媽說，「你還好嗎？」

「嗯，我還好。」葛雷格輕聲的說。他希望他爸爸的速度能慢下來，現在已經飆到七十五哩了。

「你覺得如何？」班克斯先生問，他只用左手握住方向盤，伸長了右手在儀表板上搜尋著。「燈的開關在哪兒？我應該把前燈打開了。」

「這車很棒。」葛雷格回答，努力表現得更熱烈一些，可是那巨大的恐懼感卻始終揮之不去，不停的讓他回想起照片裡那輛撞毀的車子。

「那可惡的開關到底在哪兒？應該在這附近的呀。」班克斯先生說。

就在他低頭瞥著那個他不熟悉的儀表板時，車子偏向了左側。

「爸……小心那輛卡車！」葛雷格發出了驚恐的尖叫。

這句英文怎麼說

我們差點就沒命了！

We could've been killed!

11.

一陣震耳欲聾的喇叭聲轟然響起。

一股強大的氣流橫掃過休旅車，就像一波巨大的海浪把車子推到了路邊。

班克斯先生急速把車子轉向右側。

那輛卡車呼嘯而過。

「抱歉。」葛雷格的父親說，眼睛正視著前方，把速度降到了六十、五十五、五十……

「我告訴過你要慢下來，」班克斯太太搖頭埋怨道，「我們差點就沒命了！」

「我正在找大燈的開關，」他解釋，「噢，找到了，在方向盤上面。」他把前頭的大燈打開。

「你們兩個沒事吧？」班克斯太太問，轉過頭去看他們。

「嗯，沒事。」泰瑞說，他的聲音聽起來有點發抖。剛剛那輛卡車差點就撞上他坐的那一側。

「我沒事，」葛雷格說，「我們可以回去了嗎？」

「你們不想要繼續往前走嗎？」班克斯先生問，聲音裡難掩失望。「我原本想一路開到聖塔克拉拉，去吃點冰淇淋什麼的。」

「葛雷格說的對，」班克斯太太對她丈夫說，「今天晚上就這樣了，親愛的，我們回頭吧。」

「那輛卡車並沒有靠得很近啊！」班克斯先生辯解的說，可是還是遵從的調了頭，往回家的路駛去。

不久之後，葛雷格安全的、完好的回到了他的房間，他把抽屜裡的相片拿出來看，還是那輛新休旅車，駕駛座的車門依然塌陷，擋風玻璃碎成一團。

「太詭異了！」他大聲說，把相片放進藏相機的床頭板夾層裡。「超怪、特怪！」

這句英文怎麼說

你從哪弄來的相機？
Where'd you get the camera?

他從夾層拉出相機，拿在手上把玩。

我要再拍一張試試看。他決定。

他走向鏡臺，對著正前方的鏡子。

我要拍一張鏡子裡的自己，他想。

他舉起相機，忽然又改變了主意。這樣不行，他想道。閃光燈會從鏡子裡反射回來，什麼都拍不到的。

他抓著相機穿過大廳來到泰瑞的房間。他老哥正坐在書桌前打字，他的臉反射著電腦螢幕的藍光。

「泰瑞，我可以幫你拍一張照嗎？」葛雷格客氣的問，把相機舉起來。

泰瑞又打了幾個字，然後從螢幕前抬起頭。「嘿……你從哪弄來的相機？」

「呃……是沙麗借我的。」葛雷格腦筋一轉的說。

他不喜歡說謊，可是他並不想跟泰瑞解釋他和他的死黨們偷溜進去柯夫曼屋，以及他從那裡拿走相機的事。

「我可以拍你嗎？」葛雷格問。

「我可能會弄壞你的相機哦！」泰瑞開玩笑的說。

「我想它已經壞了，」葛雷格說，「所以我才要試拍一張看看。」

「拍吧。」泰瑞說，他吐出舌頭，緊閉著雙眼。

葛雷格按下快門。一張還沒顯影的相片從前面的溝槽滑了出來。

「謝了，拜。」葛雷格走向門口。

「嘿……你不給我看看嗎？」泰瑞在後頭喊他。

「等它顯影再說！」葛雷格說著，急急忙忙的穿過大廳回到房間。

他坐在床沿，雙手擱在大腿上，緊抓著那張照片，專注的看著它慢慢顯影。

首先出現黃色，再來是紅色，然後是藍影。

「哇……」當葛雷格注視著他哥哥的臉完整的顯現出來後，不禁喃喃的輕呼著。「肯定是哪裡出了什麼問題。」

相片裡，泰瑞的眼睛沒有閉上，舌頭也沒有伸出來。他的表情很憂慮、很害怕。他看起來很沮喪、不安。

當相片的背景顯現出來後，葛雷格又大吃一驚。泰瑞不在他房裡，他在戶外，

這句英文怎麼說

這是他想得到的最好的解釋了。
It was the best explanation he could come up with.

背景裡有一些樹，和一棟房子。

葛雷格注視著那棟房子，覺得很眼熟。

這不是運動場對街的那棟房子嗎？

他再一次看著泰瑞驚恐的表情，然後把相片和相機一起放進床頭板的夾層，小心的關好。

那台相機一定故障了，他想，一面換上了睡衣準備上床睡覺。

這是他想得到的最好的解釋了。

他躺在床上，盯著天花板上不斷變換的影子，決定不要再想這件事了。

一台故障的相機不值得他那麼傷腦筋。

星期四下午放學後，葛雷格匆匆忙忙的趕去運動場和沙麗會合，一起看阿烏的小聯盟賽。

那天下午，天氣暖洋洋的，太陽高掛在萬里無雲的天空上。外野的草地才剛除過草，空氣裡充滿了清新的青草味。

葛雷格越過草地，瞇著眼睛抵擋強烈的陽光，找尋著沙麗的身影。比賽的兩隊隊員正在內野區外的兩側做暖身運動，他們高喊著、大笑著，練習投球時球擊中手套的聲音，和他們的吼叫聲此起彼落。

有一些家長和小孩已經到場觀賽了。他們有的隨意站著，有的則坐在一壘線後的露天座位區上。

葛雷格看到了沙麗站在擋球網後面，朝她揮了揮手。

「你帶了相機嗎？」她跑向葛雷格，熱切的問道。

葛雷格把相機舉起來。

「太好了！」她笑著說，並伸出手來拿。

「我覺得這台相機壞了，」葛雷格緊緊的握住相機，「它每次拍出來的畫面都不對，實在無法解釋是怎麼回事。」

「說不定不是相機壞了，是拍照的人有問題。」沙麗嘲笑他。

「說不定我應該拍一張妳挨拳頭的照片。」葛雷格威脅著說，把相機舉到眼前，對準沙麗。

這句英文怎麼說

你到底要拍什麼啦？
What do you want it for, anyway?

「你敢拍，我就拍一張你啃相機的相片。」沙麗也反過來威脅他。她猛的伸出手來，從葛雷格手裡搶走了相機。

「妳到底要拍什麼啦？」葛雷格問，假裝著想把相機拿回來。

沙麗把相機拿遠一點，讓葛雷格的手碰不到。「我想要拍阿鳥上場打擊的樣子，他看起來就像一隻站在本壘板上的鴕鳥。」

「我聽到了。」阿鳥突然出現在他們旁邊，裝出一副受到莫大侮辱的樣子。他穿著一身漿過的白制服，看起來很可笑。他的上衣太長，褲子又太短了，只有頭上的帽子剛剛好。那頂帽子是藍色的，帽沿上繡了一隻銀海豚和隊名：匹茲鎮海豚。

「棒球隊取那什麼海豚當隊名啊？」葛雷格問，並抓住帽沿把它轉到阿鳥的腦後。

「其他的帽子都被拿走了，」阿鳥回答，「我們只能在『和風』和『海豚』之中選一個。我們隊上誰也沒聽過『和風』是什麼東西，所以就選了『海豚』。」

沙麗上上下下打量了他好幾眼，說：「也許你們隊上應該穿平常的便服就可以了。」

「謝謝妳的鼓勵。」阿鳥回答，他注意到沙麗手上的相機，把它拿了過去。

「嘿，你帶了相機，裡頭有底片嗎？」

「嗯，應該有吧！」葛雷格說，「我看看。」他伸手去拿，可是阿鳥把相機拿開了。

「喂……你不會想要獨佔這台相機，不讓我們玩吧，葛雷格？」他問。

「咦？你是什麼意思？」葛雷格又伸手去拿，但阿鳥再一次把相機拿開了。

「我的意思是，我們全都冒著生命危險到那個地下室去，才拿到這台相機的，不是嗎？」阿鳥說，「這台相機是屬於我們大家的。」

「嗯……」葛雷格從沒想到這一點，「我想你是對的，可是是我一個人發現的，所以……」

沙麗一把搶過相機。「是我叫葛雷格把相機帶來的，好拍下你上場打擊的樣子。」

「當作正確示範？」阿鳥問。

這句英文怎麼說

我是運動高手。
I'm a natural athlete.

「當作錯誤的示範。」

「你們只是在嫉妒，」阿鳥聳了聳眉，回道，「我是運動高手，而你們連過街都會摔得趴在地上。」他把帽沿從後腦勺轉到前面。

「喂，阿鳥……回來！」教練從球場那邊喊他。

「我得走了。」阿鳥說著揮了揮手，快步跑向他的隊友。

「不，等等，讓我先拍一張！」葛雷格說。

阿鳥停了下來，轉過身，擺了一個姿勢。

「換我來拍。」沙麗堅持的說。

她把相機舉到眼前，對著阿鳥。當她舉高相機時，葛雷格猛然搶走了相機。

「讓我拍！」

相機發出一聲喀擦聲，接著閃光燈一閃。

一張還沒顯影的相片滑了出來。

「喂，你爲什麼要這樣？」沙麗氣沖沖的問。

「對不起，」葛雷格說，「我不是故意要……」

沙麗把相片拉出來抓在手裡。

葛雷格和阿鳥圍過來看它顯影。

「那是什麼跟什麼啊？」阿鳥大叫，死命盯著小小的相片裡逐漸出現的色彩和形狀。

「噢，天啊！」葛雷格驚叫。

相片裡，阿鳥四腳朝天的倒在地上，張大的嘴巴扭曲著，脖子折成一個恐怖的角度，雙眼緊閉。

這句英文怎麼說

很可能是失焦或怎麼了。
It's out of focus or something.

12.

「嘿……這個白癡相機是怎麼搞的？」阿鳥不由分說的搶走沙麗手中的相片問道。他瞇著眼睛把照片拿在眼前正著看、反著看，然後說，「很可能是失焦或怎麼了。」

「太詭異了！」葛雷格搖著頭說。

「喂，阿鳥……過來！」海豚隊的教練高喊。

「來了！」阿鳥把相片還給沙麗，跑向隊友那裡。

哨音響了。兩隊停止了練習，快步跑向三壘後的球員休息區。

「怎麼會這樣呢？」沙麗舉起一隻手擋住耀眼的陽光，問葛雷格，另一隻手則把相片拿到眼前注視著。「看起來真的很像是阿鳥倒在地上不醒人事的樣子。

可是他剛剛明明好端端的站在我們面前啊。」

「我也不懂，我眞的想不透。」葛雷格一副百思不得其解的樣子。「這台相機一直都這樣。」

葛雷格把相機背在一側，細長的背帶不停的晃來晃去，他跟著沙麗走到露天座位區旁一個有樹蔭的地方。

「你看他脖子折成那樣，」沙麗繼續說，「太慘了。」

「這台相機鐵定有問題！」葛雷格說著，想告訴沙麗他幫新休旅車和他老哥拍照的事，可是他還沒想到該怎麼說，沙麗便打斷了他的思緒。

「……還有麥可的相片也是。他還沒掉下去，可是拍出來的居然是他已經掉下去的畫面，這眞的太奇怪了。」

「對啊。」葛雷格同意的說。

「讓我看看那個東西！」沙麗說著，把相機從他手裡拿過去。「裡面還有底片嗎？」

「我也不知道！」葛雷格說，「我找不到底片匣的位置。」

這句英文怎麼說

你是從哪裡放底片進去的？
Where do you put the film in?

沙麗仔細的察看那台相機，相機在她手上轉來轉去。「上面什麼都沒註明，你怎麼看的出來到底裝了底片沒？」

葛雷格聳聳肩。

比賽開打了。海豚隊先攻，另一隊主教隊的隊員紛紛小跑步出來站到他們守備的位置。

露天座位區上的一個小鬼打翻了汽水罐，罐子掉到地上，汽水灑了一地，小鬼號啕大哭。

一輛滿載著青少年的舊休旅車在球場旁繞來繞去，傳來震耳欲聾的音樂聲，還把喇叭按得震天價響。

「你是從哪裡放底片進去的？」沙麗焦躁的問。

葛雷格站過去，幫她找底片匣。「我想是這兒。」他指著說，「這後面不能開嗎？」

沙麗摸了摸，「不行，應該不行。大部分的拍立得相機都是從前面裝底片的。」

她拉了拉相機背面但是打不開，又試著拉開底座也拉不動，她把相機倒轉回來，想要拉開鏡頭，還是沒輒。

葛雷格把相機拿過來，說，「前面沒有溝槽或開口。」

「哼，這到底是哪門子的相機啊？」沙麗忿忿的說。

「呃……我們再找找看。」葛雷格仔細研究著相機前面、鏡頭的頂端，又把相機倒過來，查看著底座。

他抬起頭，一臉詫異的看著沙麗。「沒有牌子，什麼都沒有。」

「怎麼可能相機會沒有牌子？」沙麗生氣的大叫，她猛的把相機搶過去，瞇著眼睛避開午後的豔陽，再一次細細的查看。

終於，她認輸了，把相機還給了葛雷格。「你說的對，葛雷格，沒牌子名，沒半個鬼字，什麼都沒有，沒看過這麼可笑的相機！」她火冒三丈的說。

「喂，等等，」葛雷格說，「那又不是我的相機，妳可別忘了，不是我買的，是從柯夫曼屋拿的。」

「好吧，我們至少要想辦法把它打開來看看裡面。」沙麗說。

這句英文怎麼說

你快弄壞它了。
You're going to wreck it.

海豚隊的第一個打擊者打出一支內野高飛球，被二壘手接殺出局。第二個打擊者被三振。場邊的觀衆高聲的爲他們加油。

那個打翻汽水罐的小鬼還在大哭。三個小鬼騎著腳踏車，遠遠的向球隊裡的朋友揮手，不過並沒有停下來看比賽。

「我想破腦袋、找遍了，就是不知道怎麼打開它。」葛雷格承認。

「給我！」沙麗把相機拿過去，「某個地方一定會有個按鈕之類的開關，一定會有什麼方法可以打開它。這實在太荒謬了。」

她怎麼找都找不到按鈕或拉門，於是又試著拉開背部，用指甲到處摳，接著又試著轉動鏡頭，但怎麼轉它都文風不動。

「我才不會這麼容易就放棄！」她咬牙切齒的說，「門都沒有，我一定要打開它，一定要！」

「別再拉了，妳快弄壞它了！」葛雷格警告她，一邊伸手過去拿。

「弄壞它？怎麼可能？」沙麗高聲說，「它根本連可以轉動的地方都沒有！全都封死了！」

「不可能。」葛雷格說。

沙麗做出一個厭煩到不行的表情，把相機還給了葛雷格，「好吧，我放棄了，你自己想辦法吧。」

他接過相機，想把它拿到眼前，但中途忽然停住了。

他發出一聲低呼，驚訝的張大了嘴，眼睛直視著前方。沙麗被他的神情嚇了一跳，轉過頭去一看。

「噢，天哪！」

只見阿鳥躺在一壘壘線外幾碼的地上。他仰躺著，頸子折成了一個古怪而不自然的角度，雙眼緊閉。

這句英文怎麼說

他覺得自己快要窒息了。
He felt as if he were choking.

13.

「阿鳥！」沙麗大叫。

葛雷格驚訝得無法呼吸，他覺得自己快要窒息了。「噢！」好不容易，他終於發出了一聲尖叫。

阿鳥一動也不動。沙麗和葛雷格一起奔到了他的身邊。

「阿鳥？」沙麗蹲了下來，「阿鳥？」

阿鳥張開了眼睛，「騙到你們了！」他輕輕的說，臉上浮出一抹要笑不笑的詭異表情，然後迸出一陣激烈的狂笑。

有那麼一會兒，沙麗和葛雷格不知道該怎麼反應，他們只是站在那兒張大了嘴，木然的望著放聲大笑的阿鳥。

然後葛雷格的心跳慢慢回復了正常，他蹲下來，雙手抓住阿鳥，粗魯的把他拉了起來。

「我抓住他，妳來揍他。」葛雷格說著，從後面抱住阿鳥。

「喂，慢著……」阿鳥不服，他扭動著身體想要擺脫葛雷格。

「好主意！」沙麗發出邪惡的微笑。

「噢！喂……放開我！別這樣！放開我！」阿鳥一邊叫，一邊想甩開葛雷格，但是沒有得逞。

「別鬧了！你們是怎麼搞的？我只是開個玩笑啊，兄弟！」

「很好笑，」沙麗說，好玩的在阿鳥肩膀上揍了一拳，「你這個神經病。」

阿鳥用力一掙，終於掙脫開來，跳著跑離他們兩個。「我只是要讓你們知道這有多容易造假，讓你們清楚那台笨相機是怎麼回事。」

「可是，阿鳥……」葛雷格想要往下說。

「那台相機壞了，就是這樣！」阿鳥說著，拍拍沾在褲子上的青草，「就因爲相片拍出來的是麥可摔下來的畫面，所以你們覺得事有蹊蹺，可是那實在太蠢

這句英文怎麼說

我還真的以為他受傷了。
I really thought he was hurt.

了，眞的很蠢。」

「我知道！」葛雷格厲聲回答，「可是你又怎麼解釋這張照片呢？」

「我跟你說，老兄，那台相機壞掉了，秀逗了，就這樣。」

「阿鳥……快過來！」有人叫他，同時他的外野手手套飛了過來。

他接住了，對著沙麗和葛雷格揮手微笑，然後跑向外野去跟海豚隊的其他隊員會合。

葛雷格緊抓著相機，走在前頭回到露天座位區。他和沙麗在最下面一排長椅的最邊邊坐了下來。

有些觀衆已經對比賽失去興趣離開了；幾個小鬼撿到了一個外野飛來的球，正在露天座位區的另一側玩起接球遊戲。運動場的另一頭，四、五個小鬼也開始玩起踢球了。

「阿鳥實在是個大怪胎。」葛雷格眼睛盯著比賽說。

「他把我嚇得半死，」沙麗說，「我還眞的以爲他受傷了。」

「小丑一個。」葛雷格喃喃的說。

他們靜靜的看了一會兒比賽，但是實在超難看的，比賽才進入第三局，海豚隊已經以三比十二落敗。兩隊都沒有特別優秀的選手。

當主教隊的一名打擊手，他們班上一個叫做喬的小孩上場擊出了一個球，不偏不倚的從阿鳥頭頂上飛過去時，葛雷格大笑。

「這是第三顆從他頭頂上飛過去的球了！」葛雷格高聲說。

「大概是太陽太大了，他接不到！」沙麗也大笑著說。

他們一起看著阿鳥邁開長腿追趕著那顆球，就在他好不容易才追到那顆球接起來，奮力擲向內野時，喬已經跑回本壘得分了。

露天座位區傳出鼓譟的噓聲。

下一名主教隊的打擊手踏上了本壘板準備打擊。好幾個小孩從露天座位區爬下來，不想再看下去了。

「坐在這裡曬得好熱，」沙麗說，舉起一隻手來遮陽，「而且我還有一大堆功課，你想走了嗎？」

「我想再看下一局。」葛雷格看著場上的打擊者揮棒落空，「阿鳥下一局會

這句英文怎麼說

阿鳥下一局會上場。
Bird is coming up next inning.

上場，我想要留下來噓他。」

「眞不知道朋友是做什麼用的？」沙麗挖苦的說。

海豚隊費了好大的勁才把第三名打擊者轟出局，主教隊幾乎所有的打者都輪過一遍了。等到阿鳥在第四局上半場站上打擊區時，葛雷格已經汗流浹背了。

阿鳥對沙麗和葛雷格的噓聲恍若未聞，他奮力一揮，把球打過了二壘和三壘之間，站上一壘。

「算你走運！」葛雷格雙手圈成喇叭狀，大吼著。

阿鳥假裝沒有聽到，他把頭盔拿下來調整帽子，稍微走離了一壘壘包。

下一個打者揮出第一棒，卻打出了界外球。

「我們走吧！」沙麗拉拉葛雷格的手臂催他，「熱死了，我好渴。」

「再看一下阿鳥是不是……」

葛雷格話還沒說完，那個打者重重一擊，球棒上「匡」的一聲發出了巨響。

好幾個人，包括球員和觀衆，看著球飛過內野，又是「匡」的一聲筆直的擊中阿鳥的頭，紛紛發出了驚呼聲。

葛雷格驚恐的看著那顆球打中阿鳥的頭後彈了開來，掉落在內野的草地上。

阿鳥不可置信的睜大了雙眼，滿臉疑惑。

他就這樣直挺挺的僵立在一疊疊包上好長一會兒。

然後他雙手高舉過頭，發出一聲驚恐的大叫，就像一匹馬兒發出了一陣長長的悲鳴。

他的眼睛瞪得又圓又大，兩腿一軟跪了下來，又大叫一聲，但這一次和緩一些，便往後倒了下去，頸子彎成一個怪異的角度，雙眼緊閉。

他一動也不動的躺著。

這句英文怎麼說

為什麼他沒在日記冰店打工呢？
Why wasn't he at his after-school job at the Dairy Freeze?

14.

很快的，兩個教練和兩隊球員衝了過去，在他身邊圍成了一個圈圈。

「阿鳥！阿鳥！」沙麗大叫著跳下了長椅，跑向那一圈嚇壞了的群衆那邊。

葛雷格也倏的跳起來要跟過去，可是當他看到對街一個身影快步跑來朝他揮手時，他停了下來。

「泰瑞！」葛雷格高喊。

爲什麼他老哥要跑來運動場？爲什麼他沒在日記冰店打工呢？

「泰瑞？發生什麼事了？」葛雷格高聲問。

泰瑞停下腳步，氣喘吁吁的，曬得通紅的前額汗如雨下。

「我……一路……跑……過來……」泰瑞結結巴巴的說著。

「泰瑞，怎麼了？」葛雷格的胃裡一陣翻攪，他覺得一陣噁心。

當泰瑞跑到葛雷格面前時，他臉上的表情就像葛雷格幫他拍的那張相片裡的一樣，充滿了恐懼。

同樣是既驚慌又害怕的臉。他的身後同樣是對街的房子。

那張相片顯示的情景成真了。就像阿鳥躺在地上的情景也成真了。

忽然，葛雷格覺得自己的喉嚨好像塞滿了棉花，又乾又澀，兩膝不住的發抖。

「泰瑞，怎麼了？」他好不容易才發出聲音。

「是爸爸……」泰瑞說，伸出一隻手重重的搭在葛雷格肩頭。

「什麼？爸爸？」

「你得趕快回家，葛雷格，爸爸……他發生不幸的事故。」

「不幸的事故？」葛雷格只覺得一陣天旋地轉，聽不懂泰瑞在說些什麼。

「他開那輛新車……」泰瑞解釋，又伸出一隻手重重的搭在葛雷格不停發顫的肩上，「那輛新車全毀了，整個全毀了。」

「噢。」葛雷格倒吸了一口氣，渾身發軟。

這句英文怎麼說

他發生不幸的事故。
He's been in a bad accident.

泰瑞扶住他的肩膀，「走吧，快點。」

葛雷格一手緊抱住相機，拔腿跟在哥哥後頭跑。

跑到街口時，他回頭看著運動場，想知道阿鳥怎麼了。

一大群人仍圍著阿鳥，擋住了他的視線。

可是……露天座位區後面的那個黑影是什麼呢？葛雷格不禁納悶。

有一個人……一個一身黑的人，躲在那兒。

他在注視著葛雷格嗎？

「快走！」泰瑞催他。

葛雷格極目凝望著露天座位區，忽然那個黑色身影往後退，消失不見了。

「快點走啊，葛雷格！」

「我來了！」葛雷格大喊，跟著他哥哥跑向家裡。

15.

醫院的牆面漆著一種慘淡的淺綠色，穿著白色制服的護士快步的在燈火通明的長廊裡穿來穿去。

葛雷格踩著沾有橘色污點的深褐色磁磚地板，慌慌張張的跟著他老哥跑向父親的病房。

無數的色彩。

葛雷格眼前只有一團團模糊的色彩和形狀飛掠而過。

他的球鞋踩在堅硬的磁磚地板上發出很大的響聲，可是他的心跳得那麼劇烈，根本聽不到自己吵雜的腳步聲。

全毀了。那輛新車已經全毀了。

這句英文怎麼說

他們的母親從病床邊的折疊椅裡跳起來。
Their mother jumped up from the folding chair beside the bed.

就像相片拍出來的情景。

葛雷格和泰瑞轉過彎，走廊的牆壁變成了淺黃色。泰瑞的兩頰通紅，兩個穿著綠色手術袍的醫生經過他們身旁。

色彩，眼前只剩色彩。

葛雷格眨眨眼，想看得清楚一些，可是旁邊掠過的一切都太快速、太不眞實了。甚至那股強烈的醫院的味道，酒精揮發的特有氣味、腐壞的食物，和嗆鼻的消毒水，此刻都那麼的不眞實。

然後，這兩個兄弟衝進他們父親的病房，眼前的一切逐漸變得眞切起來。

五顏六色的色彩褪去了，所有的影像變得清晰又銳利。

他們的母親從病床邊的折疊椅裡跳起來，「嗨，兒子們。」她手裡緊握著一團面紙，很顯然的她剛剛一直在哭。

她勉強擠出了一個微笑，可是眼眶泛紅，雙頰蒼白紅腫。

葛雷格剛跑進這個小房間，就在門口停了下來，以哽咽的聲音輕聲回答母親的招呼。然後他的眼睛聚焦了，看得更清楚一些，轉而看著父親。

班克斯先生頭上纏著像木乃伊一樣的繃帶，蓋住了頭髮，一隻手上了石膏，另一隻手平放在一側，手腕下方貼著一條管子，管子裡滴著深色液體注入手臂裡；床單拉到了他的胸口。

「嘿，你們都好吧，孩子們？」他們的父親問道。

他的聲音聽起來很虛弱，像是從很遙遠的地方傳過來似的。

「爸……」泰瑞開口。

「他會沒事的！」班太太看到兩個兒子臉上擔心害怕的表情，連忙打了個岔。

「我很好。」班克斯先生虛弱無力的說。

「你看起來沒那麼好。」葛雷格衝口而出，焦急的走向床邊。

「我還好，真的。」他們的父親堅持的說，「只是斷了幾根骨頭，沒什麼……」他嘆了口氣，痛得呻吟了幾聲。「我想我運氣還不錯。」

「你運氣太好了。」班克斯太太立刻接口。

哪裡運氣好呢？葛雷格懷疑的想著。他目不轉睛的看著父親插在手臂上的管子。再一次的，他想起了那張車子的相片。那張相片此刻正在他房間裡，塞在床

這句英文怎麼說

他有輕微的腦震盪。
He had a slight concussion.

頭板的夾層中。

那張相片拍到那輛車子全毀，而且駕駛座整個塌了進去。

他應該告訴他們這件事嗎？

他無法下決定。

如果他眞的說了，他們會相信嗎？

「你撞斷哪裡了，爸？」泰瑞問，並在窗前的電熱器上坐了下來，雙手插在牛仔褲口袋裡。

「你爸撞斷了一隻手臂和幾根肋骨，」班克斯太太很快的回答，「而且他有輕微的腦震盪，醫生正在觀察他有沒有內傷。可是，到目前爲止，情況還算穩定。」

「我很幸運。」班克斯先生重複道，對著葛雷格微笑著。

「爸，我必須跟你說我拍的相片的事，」他忽然開口，說得又急又快，聲音因爲緊張而發抖。「我給新車拍了一張照，而且……」

「那輛新車已經報廢了。」班克斯太太打斷他，她坐在折疊椅的前端，撫摸

著指頭，不停的轉動無名指上的戒指，每當她神經緊張的時候，就會不由自主的做這個動作。「還好你們兩個沒看到，」她的聲音哽住了，然後又說，「他沒有重傷算是個奇蹟。」

「那張相片……」葛雷格想把剛才的話說完。

「等一下再說，」班克斯太太粗魯的打斷他，「好嗎？」然後意味深長的注視著他。

葛雷格覺得自己的臉脹紅了。

這件事很重要，他想。

接著他又想，反正就算他說出來，他們也很可能不會相信的。

「我們會有另一輛新車嗎？」泰瑞問。

班克斯先生緩緩的點點頭。「我得打電話給保險公司。」

「我回去以後會打給他們。」班克斯太太說，「何況你現在也騰不出手來。」

大家都笑了，笑得很不自在。

「我覺得有點睏了。」班克斯先生說著，眼睛半閉，聲音含糊不清。

這句英文怎麼說

感謝上帝他會平安無事。
Thank goodness he’s going to be okay.

「那是醫生給你吃了止痛藥的關係。」班克斯太太說著，靠向前去拍拍他的手。「你睡一會兒吧，我過幾個鐘頭後再回來。」

她站起來，還在不停撫弄著婚戒，然後擺擺頭示意著門口。

「爸，拜。」葛雷格和泰瑞齊聲說道。

他們的父親喃喃的回答著，於是他們跟著母親走出病房。

「到底是怎麼回事？」他們經過一個護士站時，泰瑞問，接著走下一條長長的淺黃色走廊。「我是說，車禍。」

「有一個人闖紅燈，」班克斯太太說，睜著泛紅的眼睛盯著前方。「他直接撞上你爸駕駛座的那一邊，他說車子的煞車失靈了。」她搖搖頭，淚眼婆娑。「我不知道，」她嘆了口氣，「我不知道該怎麼說，只能感謝上帝他會平安無事。」

他們轉進綠色長廊，肩並肩走著，有幾個人正在遠遠的大廳那一頭耐性的等候電梯。

葛雷格再次想起那幾張用那台怪相機拍的相片。

首先是麥可，然後是泰瑞，接著是阿鳥，然後是他父親。

所有的相片都顯現出恐怖的景象，一些還沒發生的、令人觸目驚心的意外。

而且四張相片上的情景全都成眞了。

當電梯門打開的剎那，一小群人一起湧進電梯時，葛雷格打了個寒顫。

到底那台相機有什麼祕密？他心想。

難道它會顯示未來嗎？

還是它眞的會招來不幸？

這句英文怎麼說
到底那台相機有什麼祕密？
What's the truth about the camera?

16.

「是啊，我知道阿鳥沒事，」葛雷格對著話筒說，「我昨天見到他了，記得嗎？他很幸運，眞的很幸運，他沒有腦震盪或其他的傷。」

電話的另一頭——住在隔壁的沙麗也表示同意，然後重複了一次她的要求。

「不行，沙麗，我不要。」葛雷格激動的回答。

「把它帶來，」沙麗懇求道，「我的生日耶。」

「我不想帶那台相機去，這眞的不是什麼好主意。」葛雷格對她說。

過了一個星期的週末，星期六下午，就在葛雷格都已經踏出門要去隔壁參加沙麗的生日會時，電話響了。

「嗨，葛雷格，爲什麼你還沒出門來參加我的生日會呢？」他跑回去接電話時，沙麗問道。

「因爲我在接妳的電話。」葛雷格沒好氣的回答。

「好吧，要帶相機來喔。」

自從他爸爸發生意外之後，葛雷格就把相機藏了起來，再也沒看過它、碰過它了。

「我不想帶。」他堅持的說，不管沙麗高分貝的要求。「妳不明白嗎，沙麗？我不希望其他人再受到傷害了。」

「噢，葛雷格，」沙麗就像在哄一個三歲小孩似的說，「你不會眞的相信吧，是不是？你不會眞的相信那台相機會害人吧？」

葛雷格沉默了好一會兒，「我不知道我相信什麼，」他終於開口說，「我只知道首先是麥可受傷，然後是阿鳥……」

葛雷格吃力的嚥下口水。「而且我昨天晚上做了一個夢，沙麗。」

「呃？什麼夢？」沙麗煩躁的問。

這句英文怎麼說

因為我在接你的電話。
Because I'm on the phone with you.

「跟那台相機有關的夢。我夢到我在幫我們家的每一個人拍照，我媽、我爸和泰瑞，他們正在後院烤肉，我拿著相機，不停的說，『說一……』、『說一……』，一次又一次。當我從觀景窗看著他們的時候，他們都對我微笑……可是，他們變成了骷髏。他們三個都變成了骷髏，身上的皮肉都不見了……而且……」葛雷格的聲音越來越微弱。

「那是什麼蠢夢嘛！」沙麗大笑著說。

「但這就是爲什麼我不想帶相機的原因。」葛雷格堅持的說，「我覺得……」

「你一定要帶來，葛雷格，」沙麗打斷他，「那又不是你的，不是嗎？當時是我們一起去柯夫曼屋的，那台相機是我們四個的，把它帶過來。」

「可是爲什麼呢，沙麗？」葛雷格問。

「因爲很呆啊，因爲它會拍出那麼怪的相片啊，就這樣。」

「那還用妳說！」葛雷格喃喃的埋怨道。

「我的慶生會沒什麼好玩的節目，」沙麗說，「本來我想租錄影帶來看，可是我媽說我們得在院子裡玩，她不想要我們把她心愛的房子弄亂，所以我想我們可以幫大家拍照，你知道的，看看會顯現什麼奇怪的畫面來。」

「沙麗，我眞的不想……」

「把它帶來。」她命令道，接著掛上了電話。

葛雷格木然的站在那兒瞪著手上的話筒。他想了好久，不知道自己該怎麼做才好。然後他掛上電話不情願的爬上樓上的房間。

他大大的嘆了口氣，從床頭板的夾層裡拿出相機。「畢竟，今天是沙麗的生日。」他大聲的對自己說。

他抖著雙手把相機拿了起來，這才明白自己有多害怕。

我不該帶去的，他想，那股恐懼使得他胃的深處糾成一團。

我知道我不該這麼做的。

這句英文怎麼說

我知道我不該這麼做的。
I know I shouldn't be doing this.

17.

「你還好吧，阿鳥？」葛雷格高聲喊著，穿過鋪著石板的中庭來到沙麗家的後院。

「還不錯，」阿鳥說著，跟葛雷格擊了個掌。「唯一的問題是，自從那顆球打中我以後……」阿鳥說著，皺了皺眉，「從那時候起我就開始……咕咕咕、咯咯咯、嘎嘎嘎，像一隻公雞一樣不停的叫！」

阿鳥拍動著雙臂，大搖大擺的翹著屁股穿過後院，高聲的咕咕叫。

「嘿，阿鳥……下個蛋吧！」不知道誰喊著，所有的人都笑了起來。

「阿鳥又在耍寶了！」麥可說著搖了搖頭，在葛雷格肩上輕敲了一記。

他還是老樣子，一頭亂蓬蓬的紅髮，穿著牛仔褲和一件比他大上三號的夏威

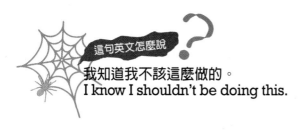

夷花運動衫。

「你哪來的這件襯衫？」葛雷格退開幾步，雙手抓著他的兩肩，欣賞的問。

「在穀片盒裡。」阿鳥繼續拍動著雙臂，湊進來答腔。

「我奶奶給我的。」麥可蹙了蹙眉頭說。

「她在家事課做的。」阿鳥又打岔，似乎一個笑話還不過癮。

「可是爲什麼你要穿這件？」葛雷格問。

麥可聳聳肩。「因爲其他衣服都髒了。」

阿鳥彎下腰從草坪上撿起一小塊土，在麥可襯衫的背後抹了抹。「這下子這一件也髒了。」他大聲宣布。

「喂，你……」麥可假裝生氣的大吼，抓住阿鳥，把他逼到籬笆的角落。

「你帶來了嗎？」

聽到沙麗的聲音，葛雷格轉過身去面對著房子，只見沙麗穿過中庭朝他的方向跑過來。她今天在腦後紮了一條辮子，上身穿著一件超大的黃色絲質上衣，蓋住了黑色緊身褲。

這句英文怎麼說

你哪來的這件襯衫？
Where'd you get that shirt?

「你帶來了嗎？」她又熱切的問，一個掛滿了銀製小飾品的可愛手鐲——一份生日禮物——在她手腕上叮噹作響。

「嗯。」葛雷格不情願的舉起手上的相機。

「太好了！」她高興的喊。

「我眞的不想……」葛雷格說。

「既然今天是我的生日，你可以先幫我拍一張。」沙麗打斷他的話，「來吧，你覺得怎樣？」

她擺了個自以爲迷人的姿勢，靠在一棵樹上，舉起一隻手放在腦後。

葛雷格順從的舉起相機。「妳確定妳眞的要拍？」

「沒錯，快點，我還想要幫每個人都拍一張呢。」

「可是很可能會顯現出很詭異的畫面。」葛雷格表示。

「我知道，」沙麗一副受不了的樣子打斷他，保持著原來的姿勢，「就是這樣才好玩啊。」

「可是，沙麗……」

「麥可吐在他的襯衫上了！」

他聽見阿鳥對著籬笆旁的某個人這麼說。

「我才沒有！」麥可大叫。

「你是說，那些吐的東西原本就長在那兒的？」阿鳥問。

一群人哈哈大笑起來，這全多虧了麥可的犧牲。

「你到底要不要拍!?」沙麗緊靠著一根細長的樹幹大叫著。

葛雷格對準著她按下了快門。相機嘎嘎轉著，接著一張未顯影的白色相片轉了出來。

「嘿，妳只邀請我們幾個男生嗎？」麥可問，一邊走向沙麗。

「是啊，只有你們三個。」沙麗回答，「女生九個。」

「噢，哇！」麥可做了個鬼臉。

「接下來給麥可拍一張好了。」沙麗對葛雷格說。

「我才不要！」麥可立刻回答，並舉起雙手像是要把自己遮起來似的，而且一直往後退。

這句英文怎麼說

你只邀請我們幾個男生嗎？
Are we the only boys invited?

「你上次用那個玩意兒拍我，結果害我摔下樓。」

麥可繼續向後退，背後撞上了沙麗的朋友妮娜；她嚇了一跳叫出聲來，然後開玩笑的推了麥可一把，而他只是一個勁兒的往後退。

「麥可，別這樣，今天可是我的生日耶。」沙麗高喊著。

「接下來我們要做什麼？沒有節目嗎？」妮娜穿過後院走過來說。

「我們每個人都來拍一張照，然後再玩個遊戲吧。」沙麗對她說。

「玩什麼遊戲？」阿鳥又來湊一腳，「玩轉瓶子（註）嗎？」

幾個小孩笑了出來。

「玩『你敢不敢』！」妮娜提議。

「好耶，玩『你敢不敢』！」好幾個女孩高喊著。

「噢，拜託！」葛雷格暗自咕噥著，玩「你敢不敢」表示要玩一大堆親親，還有一堆令人尷尬、窘到不行的蠢把戲。

九個女生和三個男生，可想而知會有多麼尷尬了。

沙麗怎麼可以這樣對待我們呢？他心想。

「怎樣？顯影了嗎？」沙麗抓著他的手臂問。「讓我看看。」

葛雷格一心只想著玩「你敢不敢」的遊戲會有多尷尬，完全忘了手中的相片正在顯影。他把相片拿近一點，兩個人一起觀看。

「我呢？」沙麗驚訝的問，「你是對準什麼拍的？竟然沒拍到我！」

「咦？」葛雷格注視著那張相片，裡頭只有那棵樹，卻不見沙麗。「奇怪！我明明對準妳拍的呀，我還很仔細的比對呢。」他抗議道。

「不管怎麼說，你都沒拍到我，我不在相片裡頭啊。」沙麗懊惱的說。

「可是，沙麗……」

「我是說，少來了……我沒消失，葛雷格。我又不是吸血鬼之類的妖魔鬼怪。我可以在鏡子裡看見自己的身影，而且，我拍過的照片都會有『我』出現在相片裡。」

「可是，妳看……」葛雷格凝視著那張相片，「這是妳靠著的那棵樹啊，妳看，這個樹幹這麼清楚，這就是妳剛剛站的地方。」

「那麼我到哪裡去了？」沙麗高聲說道，把手上的手鐲弄得叮叮噹噹響，「算

這句英文怎麼說

我不在相片裡頭。
I'm not in the shot.

了，」她從葛雷格手上抓起那張相片扔到草地上，「再幫我拍一張，快。」

「嗯，好吧，可是……」葛雷格還在納悶著那張相片是怎麼回事，爲什麼沙麗沒出現在相片裡？他彎下腰撿起地上的照片，塞進口袋裡。

「這一次你站近一點拍。」她指示著。

葛雷格向前走了幾步，小心的從觀景窗對準了沙麗，然後按下快門。一張相片從前面滑了出來。

沙麗走過來，把相片拉出來。

「這一張最好有拍到。」她說，目不轉睛的盯著相片上的顏色開始變暗，逐漸成形。

「如果妳眞的想要給大家拍照留念，我勸妳應該換一台相機。」葛雷格說著，也注視著手上的相片。

「嘿……我不相信！」沙麗大叫。

相片裡，還是不見她的蹤影。那棵樹拍得很清楚，焦距完全正確，可是完全看不見沙麗。

「你是對的，這台蠢相機秀逗了！」她怒火沖天的說，並把相片還給葛雷格，「算了！」她轉身走開，向其他人高喊，「嘿，大夥們，來玩『你敢不敢』吧！」

人群裡傳來幾聲歡呼和幾聲咕噥的叫聲。

沙麗領著他們到後院後頭的林子，「這裡比較隱密。」她解釋道。那幾棵樹再過去那裡有一塊圓形空地，是一個相當隱密的地方。

那個遊戲就跟葛雷格想像中的一樣令人尷尬無比，三個男生之中似乎只有阿鳥樂在其中。阿鳥喜歡這類的蠢玩意兒，葛雷格帶點嫉妒的心理忖度著。

幸好，就在他們玩了半個多小時，沙麗的媽媽沃克太太就從房子那頭高喊著，要他們回去切蛋糕。

「噢，太可惜了！」葛雷格語帶譏諷的說，「我們玩得正高興呢。」

「不管怎樣，我們得趕快離開這片樹林，」阿鳥露出邪惡的笑容說，「麥可的襯衫把那些松鼠都嚇跑了。」

所有的小孩們邊笑著，邊談論剛才的遊戲，走回中庭去。那裡架著遮陽傘的圓桌上放著粉紅和白色相間的蛋糕，上頭的蠟燭都點亮了。

「我一定是個很糟的媽媽，」沃克太太開玩笑的說，「竟然允許你們自己跑進林子裡去。」

幾個女孩嘻嘻笑著。

沃克太太手裡握著切蛋糕的刀子環顧著四周，然後問：「沙麗呢？」

每個人都轉過去看著後院找尋著。「她剛剛跟我們在林子裡，」妮娜說，「就在一分鐘前。」

「嘿，沙麗！」阿鳥雙手圈成喇叭狀高喊，「地球呼叫沙麗！切蛋糕的時間到了！」

沒有回答。

看不到她的蹤影。

「她是不是進屋裡去了？」葛雷格問。

沃克太太搖了搖頭。「沒有，她沒有經過中庭，她還在樹林裡嗎？」

「我去看看。」阿鳥對沃克太太說。他一邊大叫沙麗的名字，一邊跑向後院後頭的樹林邊，然後消失在林子裡。

這句英文怎麼說

我們玩得正高興呢。

Just when the game was getting good.

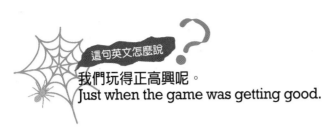

幾分鐘之後，阿鳥出現了，對著眾人示意般的聳聳肩。

沒有她的蹤影。

他們進屋裡搜尋，還有前院，又進去樹林裡找。

可是沙麗消失得無影無蹤。

註：一群人圍坐成一個圈圈，中間放一個瓶子，然後將瓶子旋轉，當它停止轉動指向某一個人時，那個人必須做某件事，例如親吻另一個人等等。

這句英文怎麼說

沙麗消失得無影無蹤。
Shari had vanished.

18.

葛雷格背靠著樹幹坐在樹蔭下，相機放在身旁的地上，看著身穿藍色制服的警員們。

他們搜索著後院，彎著身子在樹林裡鑽進鑽出。他們不時傳來說話的聲音，但是葛雷格聽不清楚內容。他們的神情專注，卻又顯得倉皇失措。

又有更多的警察抵達，一臉嚴肅、動作俐落。

接著，又有一些穿深色制服的警察到了。

沃克太太已經打了電話把去參加高爾夫球賽的丈夫叫回家，他們倆緊靠著坐在中庭角落的帆布椅上，遠遠注視著後院那頭。他們互相握緊了手，顯得虛弱且憂心忡忡。

來參加慶生會的人都走了。

中庭裡的那張桌子還放在原地，生日蠟燭已經燃燒殆盡，藍色和紅色的蠟在灑著粉紅色和白色糖霜、動都沒動過的蛋糕上熔成塊狀。

「沒找到她。」一個兩頰通紅、蓄著淡金色小鬍子的警員對沃克太太說。他拉起警帽，搔了搔頭，露出一頭金色的短髮。

「會不會有人……把她帶走了？」沃克太太緊握著丈夫的手問道。

「沒發現有任何掙扎的痕跡。」那名員警說，「眞的沒有任何的線索。」

沃克太太重重的嘆了口氣，垂下頭。「我實在不明白爲什麼會這樣。」

一陣長長的、令人痛苦難耐的沉默。

「我們會繼續找。」那名員警說，「我相信我們一定會找到……一些蛛絲馬跡。」他轉身走向樹林。

「噢，嗨！」他在葛雷格前面停下腳步，低頭注視著他，就像是第一次發現他的存在。「你還在這兒？其他人都回家了。」他把頭髮推到腦後，帶上警帽。

「嗯，我知道。」葛雷格一臉肅穆的回答，拿起相機放在大腿上。

這句英文怎麼說

我們會繼續找。
We'll keep looking.

「我是黎警官。」他說。

「嗯，我知道。」葛雷格輕輕的說。

「我們已經跟大家都談過了，爲什麼你還不回家？」黎警官問。

「我只是很難過，我想……」葛雷格對他說，「我的意思是，沙麗是我的好朋友，你了解的，是不是？」他清了清又乾又緊的喉嚨，「而且，我就住在那兒。」他偏了偏頭示意隔壁的房子。

「嗯，你最好趕快回家去。」黎警官說著，皺著眉頭望向那片樹林。「我們還沒找到什麼線索。」

「我知道。」葛雷格回答，撫摸著相機背部。

而且我知道這台相機就是讓沙麗失蹤的原因，他想著，既難過又害怕。

「一分鐘前她還在這裡，一分鐘後她就不見了。」那名警官說著，端詳著葛雷格的臉，好像能從他的臉上找到答案似的。

「嗯，」葛雷格回答，「眞的很怪。」

而且怪到超乎所有人的想像，葛雷格心想。

是相機讓她消失的，是相機搞的鬼。

首先，她從相片上消失了。

然後，她從眞實人生裡消失了。

是相機害她的，我不知道它怎麼做到的，可是的確是相機搞的鬼。

「你還有沒有什麼事要跟我說的？」黎警官問，雙手擱在臀部上，右手正好擱在磨損的棕色槍套上，裡頭插著一把手槍。「你看到什麼狀況嗎？有沒有可以提供給我們當作線索的？有沒有你之前忘了跟我們說的事呢？」

我應該告訴他嗎？葛雷格猶豫著。

要是我跟他說相機的事，他一定會問我相機是從哪兒來的，而我就得跟他說是從柯夫曼屋裡拿走的，那我們四個就會因爲擅闖進別人的房子而惹上大麻煩。

可是……出了這麼大一件事，沙麗不見了，消失了，蒸發了，這比什麼都重要。

我應該說出來。葛雷格下定決心。

可是不一會兒他又遲疑了。就算我告訴他，他也不會相信的。

這句英文怎麼說

你看起來很困擾。
You look very troubled.

就算我跟他說了，他要怎麼把沙麗帶回來？

「你看起來很困擾，」黎警官溫和說著，在葛雷格身邊蹲下來，「再告訴我一次你的名字？」

「葛雷格，葛雷格．班克斯。」

「你看起來很困擾，葛雷格，」黎警官輕聲說，「你何不告訴我，有什麼事情困擾你？你何不跟我說，你在想些什麼？我想我可以讓你覺得好過一點。」

葛雷格做了一個深呼吸，抬起眼來瞥了一眼中庭。只見沃克太太雙手遮臉，沃克先生緊靠著她，正在安慰她。

「嗯……」葛雷格開口了。

「說吧，」黎警官輕聲的催促著，「你知道沙麗在哪裡嗎？」

「是這台相機，」葛雷格脫口而出，忽然覺得全身血液往上衝，脈搏加快。他大大的吸了一口氣吐出來，繼續說。「你知道，這台相機有問題。」

「這話怎麼說？」黎警官溫和的問。

葛雷格又做了一個深呼吸。「在這之前，我幫沙麗拍了照片。我是第一個到她家的，我一來就幫她拍了兩張照，可是她卻不見了。兩張相片裡都沒有她，你了解嗎？」

黎警官閉上眼睛，又睜開來。「不，我不了解。」

「沙麗在相片裡消失了，所有其他的東西都在，可是她卻不見了、消失了，你了解嗎？然後，過了一會兒，她就眞的憑空消失了。這台相機……能夠顯示未來的事，我猜，要不然就是，它會讓不幸的事發生。」

葛雷格舉起相機想拿給黎警官。黎警官卻不想接過去，只是目不轉睛的瞪視著葛雷格，然後瞇起了眼睛，神情變得緊繃而僵硬。

葛雷格感到一陣突來的恐懼。

噢，不，他想，爲什麼他這樣看著我呢？

他想要做什麼？

這句英文怎麼說

這台相機……能夠顯示未來的事。
The camera---it predicts the future.

19.

葛雷格仍維持著要把相機交給黎警官的姿勢。

可是黎警官倏的站了起來，「相機讓不幸的事發生？」他深深的注視著葛雷格的眼睛。

「是的，」葛雷格對他說，「這並不是我的相機，你知道嗎？可是我每次拍的時候……」

「孩子，不要再說了。」黎警官和顏悅色的說，他伸出一隻手輕輕放在葛雷格顫抖的肩膀上，「我想你一定很難過，葛雷格……」他說著，聲音就像在低語一般，「我不會怪你，這件事對大家來說都不好過。」

「可是我說的是真的……」葛雷格想要辯解。

「我會請那邊那個警官，」黎警官指著不遠處說，「現在就帶你回家。而且我會讓他告訴你父母，說你經歷了一場難過的經驗，你非常害怕。」

我明明知道他不會相信我的，葛雷格憤怒的想著。

爲什麼我這麼笨還要告訴他呢？

現在他一定認爲我腦筋有問題。

黎警官把站在房子旁邊靠近圍籬的一名警員叫了過來。

「不必了，我沒關係。」葛雷格說著，很快的站了起來，捧著相機。「我可以自己回去。」

黎警官懷疑的看著他。「你確定？」

「嗯，我可以自己走回去。」

「如果你還有事要告訴我……」黎警官垂下眼注視著那台相機，「只要打電話到局裡就行了，好嗎？」

「好。」葛雷格回答，同時緩緩的朝門口走去。

「別擔心，葛雷格，我們會盡力的！」黎警官在後頭高喊，「我們會找到她的，

這句英文怎麼說？

我們會盡力的。
We'll do our best.

把相機收好，好好睡一覺，好嗎？」

「好的。」葛雷格喃喃的答道。

他匆匆的經過沃克夫婦身邊，他們還緊緊依偎著，坐在中庭的遮陽傘下。

爲什麼我這麼蠢？他一邊走一邊自問，爲什麼我會巴望那名警官相信這麼怪異的故事？連我自己到現在都還不敢相信呢。

幾分鐘之後，他拉開後門的紗門，走進廚房。

「有人在家嗎？」

沒人。

他穿過走道走進客廳。

「有人在嗎？」

沒人。

泰瑞去打工了，而媽媽一定還在醫院照顧爸爸。

葛雷格覺得心情糟透了，他此刻眞不想要一個人在家，他想告訴他們沙麗失蹤的事，眞的想跟他們說說話。

他依然捧著相機，爬上樓走向房間。他在門廊上停了下來，眨了兩次眼睛，然後發出了恐怖的驚叫。

他的書掉得滿地都是，棉被也被拉到床底下來，書桌的每個抽屜都敞開著，裡面的東西被扔在房間的每個角落，桌燈掉落在地板一角；衣櫥和櫃子裡所有的衣服也被扯了出來，扔得亂七八糟的。

有人闖進他的房間，而且搞得天翻地覆！

這句英文怎麼說？

他在門廊上停了下來。

He stooped in the doorway.

20.

誰會這麼做呢？

葛雷格自問道，並驚懼的瞪視著彷彿遭到強盜洗劫的房間。

誰把我的房間弄得這麼悽慘？

他忽然悟出答案，他知道誰會這麼做了，是誰在這裡翻箱倒櫃的。

有人在找那台相機。

有人不擇手段的想把那台相機要回去。

是蜘蛛漢嗎？

那個住在柯夫曼屋，一身黑衣裝束的怪人。

他是相機的主人嗎？

沒錯，葛雷格很清楚，一定是蜘蛛漢。

蜘蛛漢曾窺視過葛雷格，上次小聯盟賽時，他就躲在露天座位區後面監視著葛雷格。

他知道葛雷格拿走他的相機，而且他知道葛雷格住在哪裡。

而這件事才是最恐怖的。

他知道葛雷格住在哪裡。

葛雷格轉身離開混亂的房間，背靠在走廊牆上，閉上了眼睛。

他的眼前浮現出蜘蛛漢邪惡的模樣，黑色的身影拖著細瘦的長腿踽踽而行。

他想像著蜘蛛漢潛進他們的屋子裡，潛進葛雷格的房間。

他曾經待在那裡，葛雷格想，亂碰我的東西，搗壞我的房間。

葛雷格走回房間，他覺得腦筋一團混亂、滿腔怒火，想要立刻大聲求救。

可是家裡只有他一個人。

沒有人會聽見他的怒吼，沒有人會來幫他。

接下來怎麼辦？

他一陣徬徨。

接下來呢？

他背抵著門框，瞪視著凌亂的房間，猛然閃過一個念頭，他知道自己必須怎麼做了。

這句英文怎麼說

他知道葛雷格拿走他的相機。

He knew that Greg had his camera.

21.

「嘿，阿鳥，是我。」

葛雷格一手握著話筒，一手抹去前額的汗水。他可是這一輩子從來不曾這麼認眞過……或者說從沒這麼勤快過。

「他們找到沙麗了嗎？」阿鳥急切的問。

「我還沒聽說，我想應該還沒有。」葛雷格掃視著整個房間，差不多已經回復原狀了。

他把每個東西歸回原位，收拾得乾乾淨淨、井然有序。他老爸、老媽一定想都想不到，他會這麼乖巧。

「聽著，阿鳥，我不是打電話來討論這件事的，」葛雷格單刀直入的說，「你

這句英文怎麼說

快要吃晚餐了耶。
It's almost dinnertime.

幫我打電話給麥可，好嗎？要他在運動場跟我會合，就在棒球場旁邊。」

「什麼時候？現在嗎？」阿鳥疑惑的問。

「沒錯，」葛雷格告訴他，「我們得見個面，非常重要。」

「快要吃晚餐了耶，」阿鳥抗議道，「我不知道我爸媽會不會……」

「這件事非常重要，」葛雷格耐著性子重述道，「我必須跟你們碰面，好嗎？」

「好吧……也許我可以偷溜出去幾分鐘。」阿鳥壓低了聲音說，然後對著他母親高喊，「沒有人，媽！我沒有在跟誰講話！」

怪怪，他的反應可眞快！葛雷格酸溜溜的想。他扯起謊來比我還要差勁！

接著，他聽到阿鳥高聲對他媽媽說：「我知道我在講電話，沒有別人，是葛雷格。」

眞是謝了，好哥兒們，葛雷格想。

「我得掛斷了。」阿鳥說。

「記得打給麥可，好嗎？」葛雷格催促著。

「嗯，好啦，待會兒見。」他掛斷電話。

葛雷格把聽筒放回去，仔細聽著他媽媽的動靜。樓下一片靜默，她還沒回家，葛雷格想，她還不知道沙麗的事。他知道，要是他爸媽知道的話，也一定會很難過的。

非常難過。

想必跟他的難過不相上下。

他想著失蹤的沙麗，走向房間的窗戶，往下望著沙麗家的後院。這時候，整個後院空無一人。

所有的員警都離開了，受到驚嚇的沃克夫婦也應該回到屋裡去了。

一隻松鼠坐在大樹的濃蔭下，啃著一顆橡樹實，還有另一顆橡樹實落在牠腳邊。

站在窗戶的角落裡，葛雷格一眼就看見那個生日蛋糕還孤零零的放在桌子上，周圍的桌椅、布置和裝飾品都還原封不動的擱置著。

一場爲鬼魂舉辦的慶生會。

葛雷格打了個哆嗦。

這句英文怎麼說

沙麗還活著。
Shari is alive.

「沙麗還活著！」他大聲的說，「他們會找到她的，她還活著。」

他知道接下來該怎麼做。

他強迫自己離開窗邊，急忙的趕去和他的兩個朋友會合。

22.

「我不要！」阿鳥靠在露天座位區的長椅上激動的說，「你是整個腦筋都秀逗了是不是？」

相機的帶子輕輕一甩，葛雷格滿懷希望的轉身看著麥可，可是麥可避開了他熱切的注視。「我也不要。」他說，並瞪著那台相機。

將近晚餐時間了，運動場上只剩寥寥幾人。幾個小孩在另一頭盪鞦韆，還有兩個小孩騎著腳踏車一圈又一圈的在足球場上繞來繞去。

「我原本以爲你們也許會跟我一起去的，」葛雷格失望的說，並踢起一把草皮，「我必須把這個東西還回去。」他舉起手上的相機繼續說，「我必須這麼做才行，我必須把它放回原來的地方。」

這句英文怎麼說

扔掉它是解決不了事情的。
Throwing it away won't do any good.

「我不要，」阿鳥搖搖頭又說了一遍，「我不要再回去柯夫曼屋，去一次就夠嗆的了。」

「你害怕了？」葛雷格生氣的問。

「是啊！」阿鳥立刻承認了。

「你不需要把它放回去。」麥可反駁道。他扳住長椅的邊緣站了起來，爬上第三層座位，然後整個人彎到地上來。

「你是什麼意思？」葛雷格煩躁的問，腳還不停的踢著草皮。

「把它丟掉不就行了。」麥可極力勸說著，還舉起一隻手做了丟掉的動作。

「把它扔了，找個垃圾桶把它扔掉。」

「是啊，要不然就丟在這裡，」阿鳥建議，他伸手過去拿相機，「給我，我來把它藏在椅子下。」

「你們不懂，」葛雷格說著，把相機輕甩到一邊，不讓阿鳥碰到。「扔掉它是解決不了事情的。」

「爲什麼不？」阿鳥問，又伸出手來想抓相機。

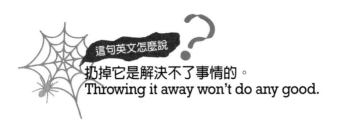

「蜘蛛漢會回來把它要回去，」葛雷格急切的說，「他會再到我的房間尋找的，他會緊追著我不放，我知道。」

「可是萬一我們拿回去還的時候被逮住了，怎麼辦？」麥可問。

「是啊，萬一蜘蛛漢剛好在柯夫曼屋裡，把我們逮住了，怎麼辦？」阿鳥說。

「你們不懂，」葛雷格大叫，「他知道我家在哪裡！他去過我家了，進去過我房間了！他想要回相機，而且……」

「就放在這裡，相機給我，」阿鳥說，「這樣我們就不必回那棟房子，他會找到相機的，就放在這兒吧。」他再一次伸手去抓相機。

葛雷格牢牢抓住背帶，拚命把它拿遠一點。

可是阿鳥抓住了相機側面。

「不！」當相機閃光燈閃動時，葛雷格失聲大叫。

只聽見相機轉動著。

一張相片捲了出來。

「不！」葛雷格對著阿鳥驚恐的大喊，並注視著白色的相片開始顯現出影像。

這句英文怎麼說

你拍到我了！
You took my picture!

「你拍到我了！」

他抖著手，從相機底部拉出照片。

上面到底會出現什麼景象呢？

23.

「對不起，」阿鳥說，「我不是故意要……」他還沒把話說完，露天座位區後頭就傳來一個聲音打斷了他。

「喂……你們手上拿的是什麼？」

葛雷格吃驚得從正在顯影的相片上抬起頭來往上看，只見兩個看起來很像小太保的男生從陰影裡走了出來。他們露出不懷好意的神情，盯著那台相機。

他一下子就認出他們來——九年級的喬伊．費瑞和米奇．華德，他們倆總是大搖大擺的到處閒晃，裝出一副耍流氓的樣子，到處欺負比他們小的孩子。

他們的專長就是搶走別的小孩的腳踏車到處閒逛，騎膩了就隨便一丟了事。

校園裡一直謠傳著米奇曾經痛毆過一名男孩，導致對方終生殘廢。不過葛雷格

這句英文怎麼說

你們手上拿的是什麼？
What've you got there?

認爲那個謠言是米奇自己編造、自己到處散播的。

那兩個男生看起來都比實際年齡高大，在學校的成績和各方面表現都很不好。雖然他們經常偷腳踏車和滑板、恐嚇別的孩子、愛打架，可是似乎並不曾惹上什麼嚴重的大麻煩。

喬伊有一頭短短的金髮，用髮膠之類的東西抹得亮亮的往上梳，一隻耳朵上戴了一個像鑽石的耳扣。米奇有一張圓臉，臉上因爲長滿了粉刺而紅紅的，稀疏的黑髮油膩膩的垂在肩膀上，嘴巴裡還叼了一根牙籤。兩個人都穿著重金屬系的T恤和牛仔褲。

「嘿，我得回家了。」阿鳥趕緊說，半跑半跳的從露天座位區跑開了。

「我也是。」麥可說，怎麼也藏不住臉上顯露的畏懼。

葛雷格把相片塞進牛仔褲的口袋裡。

「嘿，你找到我的相機了！」喬伊說著，從葛雷格手上把相機搶過去。他灰色的小眼睛深深的望進葛雷格的眼睛裡，彷彿在等待葛雷格的反應。「謝了，老兄。」

「還我，喬伊。」葛雷格嘆了一口氣說。

「沒錯，別拿走。」米奇對他的朋友說，一抹微笑在圓臉上漫開來。「那是我的！」他從喬伊手上奪走那台相機。

「還我。」葛雷格怒不可遏的說，他伸出了一隻手，又放軟口氣說，「你們兩個別這樣，那不是我的。」

「我知道那不是你的！」米奇露出不懷好意的笑容說，「因爲，那是我的！」

「我得把它拿去還給別人！」葛雷格壯著膽子讓自己的聲音聽起來像在威嚇，而不是求饒。

「沒必要，你不必還了。現在它是我的了。」米奇毫不客氣的說。

「你沒聽說過，誰發現的就是誰的嗎？」喬伊威嚇般的彎下身來對著葛雷格說。他足足比葛雷格高上六吋，而且滿身肌肉，比葛雷格壯多了。

「喂，就把東西給他吧。」麥可壓低了聲音在葛雷格的耳朵旁說著，「你不是想擺脫它嗎？是不是？」

「不行！」葛雷格激動的說。

這句英文怎麼說

你沒聽說過，誰發現的就是誰的嗎？
Haven't you ever heard of finders keepers?

「你有什麼問題呢，雀斑臉？」喬伊說著，上上下下打量著麥可問。

「沒問題。」麥可怯怯的說。

「喂，說一……」米奇舉起相機對著喬伊。

「不要拍！」阿鳥驚慌的揮著手想要阻止。

「爲什麼不要拍？」喬伊高聲問。

「因爲你的臉會把相機弄壞！」阿鳥大笑著說。

「很好笑！」喬伊諷刺的說，臉色一變，瞇著眼睛瞪視著阿鳥，「你是想要讓你那張蠢笑臉一輩子僵在那兒嗎？」他舉起偌大的拳頭比了比。

「我認識這個小鬼，」米奇指著阿鳥對喬伊說，「自以爲很了不起。」

兩個男生惡狠狠的瞪著阿鳥，想要嚇他。

阿鳥勉強的嚥了嚥口水，後退了一步，撞到了露天座位。「沒有，我沒有！」他輕輕的說，「我沒有自以爲了不起。」

「他看起來就像我昨天踩到的東西一樣。」喬伊說。

他和米奇爆出一陣狂笑，就像鬣狗發出了魔鬼般的吠叫，並且互相擊掌。

「聽我說，兩位，我真的必須把這台相機還回去。」葛雷格說著，伸手去拿，「何況你拿了也沒有用，那台相機壞了，再說它也不是我的。」

「是啊，沒錯，它壞掉了。」麥可也點點頭，補了幾句。

「是喔，沒錯，」米奇挖苦的說，「試試看就知道了。」他拿起相機，再次對準喬伊。

「我是說真的，兩位，我必須拿回去。」葛雷格絕望的說。

要是他們真的用那台相機拍了照，他們就會發現其中的祕密。他們會知道拍出來的照片會顯示未來，顯示出人們即將遭受的厄運。他們也會知道，那台相機很邪惡。

或者說，那台相機會帶來不幸。

「說一……」米奇指示著喬伊。

「別廢話，趕快按！」喬伊暴躁的回答。

不行，葛雷格心想，我不能讓這樣的事發生，我得把相機拿回柯夫曼屋，還給蜘蛛漢。

這句英文怎麼說

那台相機很邪惡。
That the camera was evil.

他不顧一切的向前一躍，大叫一聲，從米奇的面前搶走了相機。

「嘿……」米奇吃驚的大喊。

「我們快走！」葛雷格對阿鳥和麥可高聲喊道。

這三個朋友不發一語，轉身就跑，跑過了空蕩蕩的運動場，跑向自己的家。

葛雷格的心臟在胸膛裡猛烈的撞擊著，他緊緊抓住相機極力狂奔，球鞋重重的踩在草地上碰碰作響。

他們要抓到我們了，葛雷格想，他大口大口的喘著氣跑到街上。他們快逮到我們、把我們揍一頓了。

他們就要搶走相機了，我們死定了，死定了。

他們三個頭也不回的死命狂奔，一直跑過了街，才喘著大氣回頭看……然後驚訝得鬆了口氣大叫出聲。

喬伊和米奇還在露天座位區那兒，他們並沒有追過來，只是靠在那兒哈哈大笑著。

「待會兒再去逮你們，等著！」喬伊在他們背後高喊。

「沒錯，你們等著！」米奇重述道。

他們又爆出一陣猛笑，就好像說了什麼讓他們覺得多麼好笑的話。

「差一點就完了。」麥可仍上氣不接下氣的說著。

「他們是說眞的，」阿鳥說道，一副慘了的樣子，「他們會來逮我們的，我們死定了。」

「他們只會放狠話，根本都在吹牛皮。」葛雷格不以爲然的說。

「噢，是嗎？」麥可大聲說，「那我們爲什麼跑成這樣？」

「因爲我們晚餐遲到了，」阿鳥開玩笑的說，「再見了，我再不快點會趕不上的。」

「可是相機……」葛雷格提出異議，一隻手仍牢牢握著那台相機。

「現在太晚了。」麥可說，一隻手緊張的把頭髮往後掠。

「是啊，我們明天或改天再去吧。」阿鳥說。

「那你們兩個要跟我去囉？」葛雷格急切的問。

「哦……我得走了。」阿鳥沒有正面回答。

這句英文怎麼說

那我們為什麼跑成這樣？
Then why did we run like that?

「我也是！」麥可趕緊說，避開葛雷格的注視。

他們三個一起把眼光轉向運動場，喬伊和米奇已經不在那兒了，或許跑去威脅別的孩子了吧。

「再見！」阿鳥說著，拍了一下葛雷格的肩膀，走了。

這三個朋友分道揚鑣，跑向不同的方向，越過草坪和車道衝回家去。

葛雷格一路跑到了他家的前院，才想起來塞在牛仔褲口袋裡的那張相片。

他在車道上停了下來，拿出相片。

太陽低低的落在車庫後頭，天色有些昏暗。他把相片拿到眼前，好看得更清楚一些。

「噢，不！」他大叫出聲，「我不相信！」

24.

「不可能！」葛雷格高聲叫道，抖著手緊抓著那張相片。

沙麗怎麼會跑到相片裡呢？

這不過是幾分鐘前拍的，就在運動場上的露天座位區前面。

可是沙麗竟然在相片裡，就站在葛雷格旁邊。

他的手不停的顫抖著，嘴巴不可置信的張得老大，瞪大了眼睛看著相片。

相片拍得清晰而鮮明。

他們兩個就站在運動場上，背後正是棒球場內野。而他們兩個——沙麗和葛雷格就站在那兒。

沙麗清清楚楚的站著——就站在葛雷格右邊。

這句英文怎麼說

沙麗怎麼會跑到相片裡呢？
How had Shari gotten into the photo?

他們兩個直直的瞪視著前方，眼睛睜得很大，嘴巴張開，臉上的表情就像被罩上了一層巨大的陰影似的，驚恐而僵硬。

「沙麗？」葛雷格大叫，垂下了手上的相片，把視線投向整個前院。「妳在這兒嗎？妳聽的見我說話嗎？」

他傾聽著。

一陣靜默。

他又試了一次。

「沙麗？妳在這兒嗎？」

「葛雷格！」一個聲音高喊。

他發出了一聲驚呼，轉過身去。「什麼？」

「葛雷格！」那個聲音又喊他。他花了好一會兒時間才猛然醒悟，原來是媽媽在前門叫他。

「噢，嗨，媽。」他一陣茫然，把相片塞回牛仔褲後面的口袋。

「你跑到哪裡去了？」他走向前門時，媽媽問。「我聽說沙麗的事了，我好難過，又不知道你到底跑到哪兒去了。」

「對不起，媽，」葛雷格說著，輕吻了媽媽的臉頰，「我……我應該留張字條的。」

他踏進屋裡，心裡既不解又沮喪，既難過、疑惑又害怕，一時之間五味雜陳的感覺同時湧上心頭。

兩天之後，天上高掛著厚厚的烏雲，空氣悶熱而混濁，葛雷格下課後在他的房裡來來回回踱著。

家裡只有他一個人，泰瑞幾個鐘頭前就到日記冰店打工去了，班克斯太太則開車到醫院去接他爸爸，爸爸終於要出院回家了。

葛雷格知道他應該爲爸爸痊癒回家感到高興的，只是還有太多的事困擾著他、糾纏著他，讓他陷入深深的恐懼。

其中一個原因是，一直還沒有找到沙麗的下落。

警方的搜索完全失敗了。

這句英文怎麼說

他們的新說法是她遭到了綁架。
Their new theory was that she'd been kidnapped.

他們的新說法是她遭到了綁架。

沙麗的父母焦慮而悲痛的守在家裡等電話，可是並沒有任何綁匪打電話來要求贖金。

沒有一絲一毫破案的線索。

除了等待以外別無他法。

除了懷抱著一線希望以外，束手無策。

隨著日子一天天過去，葛雷格的罪惡感也越來越重。他很確定沙麗並沒有被綁架，而且不知道為什麼，他就是知道，是那台相機讓沙麗消失的。

可是他無法告訴任何人他的想法。

沒有人會相信他的話，只要他說出來，對方肯定會認為他瘋了。

畢竟，相機不可能作惡。

相機不可能會讓人從樓梯上跌下來，也不可能撞毀他們的車子。

不可能讓人消失。

相機只會記錄他們所看見的景物。

葛雷格從他房間的窗戶望出去，前額抵著玻璃，往下看著沙麗家的後院。「沙麗……妳在哪裡？」他大聲問，並注視沙麗曾經擺姿勢靠著的那棵樹。

那台相機還藏在他床頭板的夾層裡，阿鳥和麥可都不願意陪他把相機送回柯夫曼屋去。

而且，葛雷格也決定先把它放在身邊一陣子，萬一需要的時候可以拿來當作證據。

萬一他決定向某一個人透露內心的恐懼時，必須用到它。

萬一……

他的另一個恐懼是蜘蛛漢會回來找他，到他房間來要回那台相機。

那是多麼令人害怕的事啊！

他強迫自己離開窗戶，這麼多天來，他不知道花了多少時間站在窗前，茫然的注視著沙麗家空蕩蕩的後院了。

不斷的想著，想著。

他嘆了口氣，把手伸進床頭板裡拉出兩張和相機一起藏起來的相片。

這句英文怎麼說

要是他沒有偷拿那台相機就好了。
If only he had never stolen the camera.

那兩張相片都是上星期六在沙麗慶生會上拍的。葛雷格一手拿著一張，注視著，希望能發現有什麼新線索是他先前沒有注意到的。

可是那兩張相片並沒有任何變化，依舊只有那棵樹、她家的後院、陽光下綠油油的草地，沒有沙麗的身影，沙麗原來站的地方還是空無一人，就好像鏡頭正好透視過她一樣。

盯著那兩張相片，葛雷格發出了一聲苦悶的吶喊。

要是他沒去柯夫曼屋就好了。

要是他沒有偷拿那台相機就好了。

要是他沒有用那台相機拍照就不會這樣了。

要是……要是……要是……

等他回過神來，他才發覺自己把那兩張相片撕成了碎片。

他大聲的喘著氣，胸口劇烈起伏著。

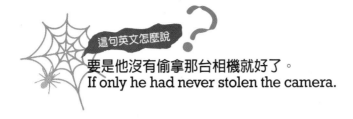

他把相片撕得粉碎，灑了一地。

當相片變成了小碎片，他碰的倒頭趴在床上，閉上眼睛，等待劇烈的心跳趨緩，等待著那沉重的罪惡感重新侵襲他。

兩個小時之後，他床頭的電話鈴響了。

是沙麗打來的。

這句英文怎麼說

我跟你一樣摸不著頭緒。
Your guess is as good as mine.

25.

「沙麗……眞的是妳嗎？」葛雷格對著電話大叫。

「是啊，是我！」沙麗的回答就像他的問話一樣驚訝。

「可是怎麼會這樣？我是說……」他的腦筋飛快轉動著，不知道該說什麼。

「我跟你一樣摸不著頭緒，」沙麗對他說，然後又說，「你等一下。」

接著他聽到沙麗走了幾步去跟她媽媽說話。

「媽……妳不要哭了，媽……眞的是我，我回來了。」

很快的，她走回來拿起電話。「我已經到家兩個小時了，可是我媽還是不停的哭著。」

「我也很想哭，」葛雷格承認，「我……我眞的不敢相信！沙麗，妳到哪裡

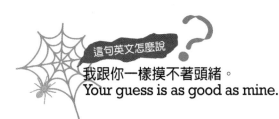

去了？」

沙麗在電話那頭沉默了好一會兒。「我不知道。」她終於回答。

「什麼？」

「我眞的不知道，這件事眞的很古怪，葛雷格。一分鐘前我還在我的慶生會上，下一分鐘，我就站在我家的門口，可是卻已經過了兩天。而我完全不記得我有離開過，也不記得曾去過什麼地方。我什麼都不記得了。」

「妳不記得妳不見了？也不記得妳回來了？」葛雷格問。

「不記得，通通都不記得。」沙麗抖著聲音說。

「沙麗，那兩張我幫妳拍的相片……妳還記得嗎？用那台怪相機拍的，妳在裡頭消失了……」

「然後我就眞的消失了。」沙麗接著把他的想法說了出來。

「沙麗，妳認爲……？」

「我不認爲。」她很快的回答，「我……我得掛電話了。警察來了。他們有話要問我。我要跟他們說些什麼呢？他們一定會認爲我得了失憶症或精神失常了

這句英文怎麼說

他們有話要問我。
They want to question me.

些吧。」

「我……我不知道，」葛雷格說，完全搞糊塗了。「我們得談一談，那台相機……」

「現在不行，」沙麗說，「也許明天，好嗎？」她跟媽媽高聲說著她要過去了。

「拜，葛雷格，再見。」然後她掛上了電話。

葛雷格放下話筒，坐在床沿，盯著電話好一會兒。

沙麗回來了。

她回來大約兩個小時了。

兩小時。兩小時。兩小時。

他把視線轉向電話旁的收音機時鐘。

就在兩個小時前，他把那兩張沙麗消失了的相片給撕成了碎片。

一堆荒誕而瘋狂的念頭在他腦子裡不停的翻攪著。

難道是因爲我把相片撕碎了，才把沙麗帶回來的嗎？

也就是說，確實是那台相機使她消失的嗎？是那台相機造成所有相片中顯示

的噩兆嗎？

有好長一段時間，葛雷格只是注視著電話，竭力思索著。

他知道自己該怎麼做。

他必須把這一切告訴沙麗。

而且必須把相機還回去。

第二天下午他和沙麗約在運動場見面。秋天的太陽高掛在晴空萬里的藍天上。八、九個小孩正在進行一場足球比賽，發出一陣陣喧鬧聲，他們跑向一邊，另一個小孩則跑過了棒球場的外野。

「嘿，妳還是妳嘛！」葛雷格看到沙麗小跑步朝他站著的露天座位旁跑來時，高聲的說道。

他捏捏沙麗的手臂，「耶，是妳，太好了。」

沙麗並沒有笑。「我很好，」她說著，撫摸著手臂，「我只是很迷惑，很累。警察問了我好幾個鐘頭的問題，好不容易他們走了，換我爸媽開始問了。」

這句英文怎麼說

那是相機的錯。
It's the camera's fault.

「對不起。」葛雷格輕輕的說，低下頭盯著球鞋。

「我想，不管怎樣，我爸媽已經認定這次失蹤事件是我的錯。」沙麗說，背靠著座位區的一側，搖了搖頭。

「那是相機的錯……」葛雷格喃喃的說。他抬起眼睛注視著沙麗，「是那台相機搞的鬼。」

沙麗聳聳肩，「或許吧，我不知道要怎麼想，我真的不知道。」

葛雷格拿出另一張相片給她看，就是那張他們兩個在運動場上被一大團黑影籠罩，驚愕的瞪著前方的相片。

「太詭異了。」沙麗高聲說，仔細的研究著。

「我想把相機送回柯夫曼屋。」葛雷格急切的說，「我現在就回家拿，妳願意幫我嗎？妳肯陪我一起去嗎？」

沙麗開口想要回答，但是卻住口了。

他們看見一個黑影悄悄穿過了草地，朝他們快速移動過來。然後他們看到一個一身黑衣的男人，邁開細瘦的長腿大步大步的逼近他們。

是蜘蛛漢！

葛雷格抓住沙麗的手，害怕的僵立著。

他和沙麗驚懼的張口瞪視著。

蜘蛛漢那搖晃不定的身影悄無聲息的籠罩住他們！

這句英文怎麼說

他知道相片上的情景成真了。
He knew the snapshot had just come true.

26.

葛雷格看到這一幕，不禁不寒而慄。他知道相片上的情景成眞了。

當蜘蛛漢的黑色身影就像一隻大蘭多毒蜘蛛一樣的逼近他們，葛雷格拉起沙麗的手，驚惶的大叫：「快跑！」那叫聲連他自己都認不出來。

他其實無需開口，他們拔腿就跑，驚魂未定的喘著大氣跑過了草地，跑向大街。他們的球鞋踩在地上發出重重的踏步聲，一直跑到了人行道上，接著又沒命似的往前狂奔。

葛雷格回頭一看，只見蜘蛛漢越追越近了。「他快追上我們了！」他喘息著對著跑在前面幾步遠的沙麗高喊。

蜘蛛漢，他的臉仍隱藏在黑色棒球帽的陰影下，以驚人的速度前進著，他

奔跑時兩隻長腿踢得老高。

「他快追上我們了！」葛雷格大叫，覺得自己的胸口快炸開了。「他……速度……太快了！」

蜘蛛漢靠得更近了，他的身影在草地上疾行著。

更近了。

當一輛汽車的喇叭驟然發出了轟鳴，葛雷格也放聲驚叫。

他和沙麗猛然停住了腳步。

汽車喇叭聲又高聲響起。

葛雷格轉身一看，一個熟悉的年輕人正坐在一輛小型的背開式轎車裡。原來是住在他家對面的傑瑞·諾曼。

傑瑞搖下車窗，「是那個男人在追你們嗎？」他興奮的問，而且不等他們回答，就倒車開向蜘蛛漢。「我要叫警察了，先生！」

蜘蛛漢沒有回答，只是轉過身飛也似的奔向對街。

「我警告你……」傑瑞在他背後大吼。可是蜘蛛漢已經消失在一座高高的籬

這句英文怎麼說

是那個男人在追你們嗎？
Is this man chasing you?

笆後面了。

「你們兩個沒事吧？」葛雷格的鄰居高聲問。

「嗯，沒事。」葛雷格好不容易才吐出話來，他還不住的喘氣，胸口不斷的起伏著。

「我們沒事，謝謝你，傑瑞。」沙麗說。

「我曾經看過那個傢伙在我們家附近晃來晃去。」傑瑞說，透過擋風玻璃注視著那座高籬笆。「從沒想過他會危害到別人，你們要我報警嗎？」

「不用了，沒事了。」葛雷格答道。

只要我把相機還給他，他就不會再追我們了，葛雷格心想。

「好吧，小心一點……好嗎？」傑瑞說，「你們要我載你們回去嗎？」他端詳著他們的臉，彷彿要分辨出他們究竟有多害怕、多不舒服。

葛雷格和沙麗一起搖了搖頭。

「我們沒事，」葛雷格說，「謝謝。」

傑瑞又一次警告他們要小心一點，然後開車走了，當他轉過彎時，輪胎發出

了吱吱的煞車聲。

「剛剛好險！」沙麗說，視線停在籬笆那兒，「為什麼蜘蛛漢要追我們呢？」

「他知道相機在我這兒，他想要拿回去。」葛雷格說，「我們明天碰面，好嗎？就在柯夫曼屋前面，幫我把相機還回去，好不好？」

沙麗凝視著他，沒有回答，露出若有所思、戒慎恐懼的表情。

「我們都會陷入危險……我們所有人……除非我們把相機還回去。」葛雷格以堅定的口吻說。

「好吧，」沙麗和緩的說，「明天見。」

27.

這句英文怎麼說

我們都會陷入危險。
We're going to be in danger.

某個東西飛快的竄過前院高大的雜草叢。「那是什麼？」沙麗低呼一聲，聲音壓到最低，儘管一眼望去並沒有半個人影。「不可能有那麼大的松鼠。」她磨磨蹭蹭的躲在葛雷格背後，而葛雷格正停下腳步抬頭望著柯夫曼屋。

「說不定是浣熊之類的小動物。」葛雷格安撫她，兩手牢牢抓著相機。

這是第二天下午三點過後不久，一個有霧的、烏雲密佈的一天。黑壓壓的雲層佈滿了整個天空，彷彿就要落下傾盆大雨似的，在柯夫曼屋後頭瀰漫開來，整座房子籠罩在一片陰霾之中。

「快要起暴風雨了，」沙麗還是躲在葛雷格背後，說道，「我們趕快放回去，趕快回家吧。」

「好主意。」他說著，瞥了一眼陰沉沉的天空。

遠處傳來轟隆隆的雷鳴，低吼著。前院的幾棵老樹也颯颯響著、搖擺著。

「我們不能莽莽撞撞的就跑進去，」葛雷格說，並注視著越來越陰暗的天空。

「我們得先確定蜘蛛漢在不在裡頭。」

他們快步穿過高大的雜草叢和草地，在客廳外的窗戶停了下來，往裡頭窺探。遠處又響起雷聲，低沉而綿長。葛雷格想，他似乎看到另一個生物飛竄過屋子角落附近的雜草叢。

「裡頭太暗了，我什麼也看不見。」沙麗抱怨著。

「我們先檢查地下室，」葛雷格提議，「蜘蛛漢上次就在那兒出現的，妳記得嗎？」

當他們一路前進繞到屋子後面時，天色變得更暗了，形成了詭異的灰綠色。

他們蹲下來，透過地面上的玻璃窗往下窺視著地下室的情景。

他們瞇著眼睛望進覆滿灰塵的玻璃，看到了那張蜘蛛漢用三夾板臨時搭成的桌子、靠在牆上的衣櫃，櫃子門還敞開著，那些五顏六色的舊衣服丟得到處都是，

這句英文怎麼說

我們行動吧。
Let's get moving.

地板上堆滿了冷凍食品的空盒。

「沒看見他。」葛雷格低聲說道。他抱著相機，好像要是沒有牢牢抱住它，它就會跑掉似的。「我們行動吧。」

「你……你確定嗎？」沙麗結結巴巴的說。她想要表現得勇敢一些，可是一想到她曾經失蹤過兩天——完完全全的消失了，而且很可能是因爲那台相機的緣故——這個令人戰慄的念頭在她腦海裡盤旋不去，讓她膽怯不已。

麥可和阿鳥是膽小鬼，可是或許他們才是聰明人。

她希望這一切趕快結束，全部都結束。

過了一會兒，葛雷格和沙麗推開了前門，踏進黑漆漆的前廳，停下腳步。

他們凝神傾聽著。

卻冷不防的被背後突如其來的猛烈聲響，給嚇得跳了起來。

28.

沙麗首先回過神來，囁囁嚅嚅的說：「只是大門！」她叫道，「是風……」

原來是一股強風把門重重關上了。

「我們趕快把事情解決了！」葛雷格低聲說，全身不住的打哆嗦。

「當初我們眞不該闖進來的！」當他們躡手躡腳的一步步踩著伊呀作響的地板前進時，沙麗壓低了聲音說。

他們穿過了陰暗的走廊，朝地下室走去。

「現在說這個太遲了。」葛雷格嚴肅的回答。

他打開門踏上地下室的臺階，又停下腳步。「樓上那個砰砰聲是什麼？」

沙麗也聽到了，那個聲響彷彿帶有節奏般的又敲了一遍，她嚇得全身緊繃。

這句英文怎麼說

我們趕快把事情解決了。
Let's get this over with.

「是百葉窗嗎？」葛雷格不確定的問。

「嗯，」她立刻回應，鬆了一口大氣。「一堆百葉窗都鬆脫了，你記得吧？」

整幢房子就好像在怒吼一般。

外面響起一陣陣雷鳴，這一次顯得更近了些。

他們踏在階梯的平臺上，等著眼睛適應裡頭的黑暗。

「我們可以把相機放在這兒趕快走嗎？」沙麗問，與其說是詢問，倒不如說更像是祈求。

「不行，我得把它放回去。」葛雷格堅持的說。

「可是，葛雷格……」當他開始走下樓梯時，沙麗拉住他的手臂想要阻止他。

「不行！」他掙脫沙麗的手，「他跑到我的房間去了，沙麗！爲了找這台相機，他把我所有的東西都翻出來了。我要把相機放回原來的地方，這樣他才能找到，要是他沒找到的話，他還會到我家去的，我知道他一定會這麼做的！」

「好、好，我們快一點吧！」

地下室變得亮一些了，光線從地面上的四面長玻璃窗灑了進來。外頭狂風大作，吹襲著窗玻璃。一道閃電傳來的微弱閃光，照得牆上的陰影閃爍不定。整幢房子像是對即將來襲的暴風雨十分不悅似的，不停呻吟著。

「那是什麼？腳步聲嗎？」沙麗在穿過地下室的中間時停下腳步，屏息聽著。

「是房子在叫啦！」葛雷格堅定的說，可是他那忍不住顫抖的聲音，顯示出他和沙麗一樣的害怕，而且他也停下來仔細聽著。

砰！砰！砰！

他們上方的百葉窗持續的發出規律的拍擊聲。

「好吧，你到底是在哪裡發現那台相機的？」沙麗輕聲說著，跟著葛雷格走到最遠處那座大暖爐對面的牆邊。那座暖爐佈滿蜘蛛網的爐管就像蒼白的大樹枝一樣，四處延展。

「在那邊！」葛雷格對她說，走近那張工作檯，伸手去碰那具固定在桌沿的虎頭鉗。「當我轉動這具虎頭鉗時，一道門打開了。裡頭有一種隱藏式的架子，相機就放在那兒……」

他轉動虎頭鉗的把手。

這句英文怎麼說

你到底是在哪裡發現那台相機的？
Where did you find the camera?

像上次一樣，那道藏著暗架的門忽然打開了。

「很好！」他激動的低語著，對著沙麗露出了笑容。

他把相機放在架子上，再把背帶塞進去，然後把門關上。「我們走吧。」

他覺得好多了，如此的如釋重負、輕鬆自在。

整座房子依然呻吟著、嘎吱作響著，可是葛雷格一點也不在意。

另一道閃電猛力擊了下來，這一次更亮了，就像相機的閃光燈一樣，使得映照在牆上的陰影更加搖擺不定。

「快走！」他輕聲說著，然而沙麗早已搶先一步走在前頭，小心的避開丟得滿地都是的食物空盒，快步走向臺階。

葛雷格緊跟在沙麗後面，當他們爬上了臺階的半途時，蜘蛛漢已無聲無息的站在樓梯最上方的平臺上，堵住了他們的去路。

29.

葛雷格眨眨眼，搖了搖頭，好像這樣就能把正在上頭陰森森的瞪視著他們的那個黑色身影給甩走。

「不！」沙麗驚叫，往後倒在葛雷格身上。

他緊抓住扶欄，完全忘記了他們第一次闖進這棟房子時，那道欄杆曾因爲承受不住麥可的重量而斷裂，害得麥可倒栽蔥似的摔了下去。所幸沙麗在他們一起摔下樓梯之前及時恢復了平衡。

閃電在他們背後一閃而過，一道白光越過了樓梯。然而站在他們上方那個一動也不動的身影仍舊籠罩在整片黑暗之中。

「讓我們走！」葛雷格終於鼓起勇氣發出聲音叫著。

這句英文怎麼說

葛雷格眨眨眼，搖了搖頭。
Greg blinked and shook his head.

「是啊，我們把你的相機還回去了！」沙麗接口，顫抖的聲音充滿了恐懼。

蜘蛛漢沒有回答，相反的，他向他們走近了一步，踏到第一個臺階上。接著又下到了第二階。

幾乎是跌跌撞撞的，葛雷格和沙麗下到了地下室的地板。

當那個黑色身影緩緩的、穩穩的一步步走下樓梯，木頭的階梯抗議似的發出碾軋聲。當他終於下到地下室地板，一道夾帶著連續爆裂聲響的閃電，發出一道藍光投射在他身上，葛雷格和沙麗終於看見了他的臉。

在短暫的閃光投射下，他們看見那是一張很老、很老的臉，老得遠超過他們的想像。他的眼睛又小又圓，就像黑色的大理石。他的嘴巴也很小，威嚇似的抿得緊緊的。

「我們已經還你相機了！」沙麗說，一臉驚惶的注視著蜘蛛漢越來越靠近，「我們可以走了嗎？求求你。」

「讓我想一想……」蜘蛛漢說，他的聲音比他的臉年輕一些，也比他的眼神溫暖一些。「過來。」

他們遲疑著。可是他不讓他們有選擇的餘地。

他引著他們往回穿過凌亂的地板，來到工作檯前，用細長的大手握住虎頭鉗，轉動把手。

密門開了。他拿出相機，牢牢的抓著，然後湊到眼前仔細的檢查。

「你們不應該拿走它的。」他輕輕的對他們說，手上不停的轉著相機。

「我們很抱歉。」沙麗立刻說。

「我們可以走了嗎？」葛雷格問，側著身體向樓梯的方向移動。

「這不是一台普通的相機。」蜘蛛漢說，抬起小眼睛看著他們。

「我們知道！」葛雷格衝口而出，「它拍的相片，都……」

蜘蛛漢瞪大了眼睛，表情變得憤怒無比。「你們用這台相機拍照了？」

「只拍了幾張，」葛雷格說，很懊惱自己爲什麼那麼大嘴巴。「相片沒有顯影，眞的。」

「也就是說，你們知道這台相機的祕密了。」蜘蛛漢說著，快步走向地下室中央。

這句英文怎麼說

這不是一台普通的相機。
It's not an ordinary camera.

他想要堵住他們的去路嗎？葛雷格狐疑著。

「它壞掉了吧!?」葛雷格不確定的說，雙手插在牛仔褲口袋裡。

「它沒壞。」那個高大的黑色身影緩緩說著，「它很邪惡。」他示意著那張低矮的三夾板桌子。「坐下。」

沙麗和葛雷格飛快的交換了一個眼神，然後不情願的坐在那張板子的邊緣，僵直而緊張的坐著，眼睛望向樓梯和出口。

「這台相機很邪惡。」蜘蛛漢又說了一遍。他站在前面俯視著他們，雙手抓著相機。「我知道，這是我幫忙製造出來的。」

「你是一個發明家？」葛雷格問，瞥了沙麗一眼，沙麗正緊張的揪著一綹頭髮。

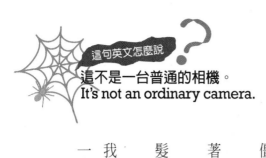

「我是一個科學家，」蜘蛛漢回答，「或者，我應該說，我曾經是個科學家。我的名字是弗列德力克，佛利茲·弗列德力克博士。」他把相機從一隻手換到另一隻手。

「我實驗室的夥伴發明了這台相機，他既驕傲又得意，更重要的是，這個發明將會讓他發一筆大財，我是說，將會。」他停頓了下來，臉上浮現出若有所思的神情。

「他出了什麼事？他死了嗎？」沙麗問，還是不停的扯著一綹頭髮。

弗列德力克博士竊笑著說，「不是，更糟，我把他的發明偷走了，我偷走了整個計畫和相機。我很邪惡，你知道的！我很年輕又很貪心，非常、非常的貪心，不會因爲偷取別人的東西發財而感到羞恥。」

他又停頓下來，看著他們，好像在等他們說些什麼，等待他們對他的行爲表示不以爲然。

可是葛雷格和沙麗只是不發一語的坐在那兒，抬起眼來注視著他；於是他便又繼續說了下去。

「當我偷走相機的時候，我的夥伴震驚不已。不幸的是，從那之後，所有令人震驚和意外的事都落在我身上了。」

他老邁的臉上露出一抹奇異的、悲傷的苦笑。「我的夥伴，你知道嗎，他遠比我還要更邪惡。」

這句英文怎麼說

我的夥伴在這台相機上下了詛咒。
My partner put a curse on the camera.

弗列德力克博士摀著嘴咳嗽著，然後開始在葛雷格和沙麗面前來回踱步，他一邊踱著，一邊輕輕的、緩緩的訴說著，就好像他是很久很久以來第一次回想這些往事。

「我的夥伴眞的是一個很邪惡的人。他私底下喜歡玩一些邪術，不，我應該這麼說，他並不是偶爾玩玩而已，其實他非常精通。」他拿起相機，高舉在頭上揮動著，又放下來。

「我的夥伴在這台相機上下了詛咒。既然他無法從這台相機牟利，那麼他要確定我也永遠不可能利用它得到一毛錢，於是他對這台相機下了毒咒。」

他轉而注視著葛雷格，傾身對著他。「你知道有一些原始的民族有多麼害怕相機嗎？他們之所以那麼害怕相機，是因爲他們認爲如果被拍了照，他們的靈魂就會被相機偷走。」他輕拍著手上的相機，「我告訴你，這台相機眞的會偷走別人的靈魂。」

葛雷格抬頭盯著那台相機，不禁打了一個冷顫。

這台相機的確曾經把沙麗偷走了。

它會不會已經把我們所有人的靈魂都偷走了？

「一些人因爲這台相機死了！」弗列德力克博士說道，發出了一聲緩緩的、哀傷的嘆息。「一些接近我的人。也就是因爲這樣，我才終於明白這台相機是如何被下了毒咒，如何的邪惡。而且我終於了解一個恐怖的事實——那就是這台相機永遠都不可能被摧毀。」

他還在咳嗽，大聲的清著喉嚨，又開始在他們面前踱步。「因此我發誓要把這台相機藏起來，把它藏在任何人都拿不到的地方，這樣它就無法繼續作惡。我失去了工作、失去了家人，我因爲它而失去了所有一切……但是我下決心一定要把這台相機藏在一個無法危害別人的地方。」

他停下腳步，背對著他們。

他靜靜的站著，弓著肩膀，陷入了沉思。

葛雷格倏的站了起來，示意沙麗也站起來。「嗯……呃……我想我們把它還回來是對的。」他遲疑的說，「很抱歉我們造成那麼多的困擾。」

「是啊，我們眞的很抱歉！」沙麗衷心的說道，「還好它總算物歸原主，不

這句英文怎麼說

很抱歉我們造成那麼多的困擾。
Sorry we caused so much trouble.

會再出錯了。」

「再見！」葛雷格說著，開始朝樓梯的方向走。「天色越來越晚了，我們……」

「不行！」弗列德力克博士大吼，嚇了他們一大跳。他快步堵住了去路。「我恐怕不能放你們走，你們知道太多祕密了。」

30.

「我不可能讓你們離開的！」弗列德力克博士說，他的臉在一道閃電發出的藍色光芒照射下忽明忽滅，骨瘦如柴的雙臂交叉在黑色汗衫的胸口。

「可是我們不會告訴任何人的。」葛雷格說著，聲音逐漸的提高，最後變成了哀求。「眞的。」

「我們會保守祕密的。」沙麗也堅定的說，同時驚恐的望著葛雷格。

弗列德力克博士恫嚇似的注視著他們，並沒有回答。

「你可以相信我們。」葛雷格說，他的聲音發抖，也驚疑的瞥了沙麗一眼。

「何況……」沙麗說，「就算我們眞的跟別人說了，有誰會相信呢？」

「夠了！」弗列德力克博士厲聲說，「你們再說什麼都沒有用。爲了把那台

相機藏起來，我已經花了太多的心力和時間了。」

一股強風狂掃著窗戶，傳出陣陣的低吼，帶來了一陣驟雨。從地下室的窗戶望出去，天色就像暗夜一般猙獰。

「你……不可能把我們永遠關在這兒的！」沙麗大叫，完全無法控制聲音裡的恐懼。

大雨打在窗戶上咚咚作響，雨勢越來越大，變成了傾盆大雨。

弗列德力克博士挺起身子，看起來倏然變高了。他的小眼睛深深的望進沙麗的眼裡，「我很抱歉！」他發出懺悔而遺憾的低語，「很抱歉，可是我別無選擇。」他向他們跨出一步。

沙麗和葛雷格互相交換了一個戰慄的眼神，從他們站的地方——地下室中央的工作檯前面望過去，不遠處的樓梯卻有如一百哩那樣的遙遠。

「你……你想做什麼？」葛雷格大叫，那叫聲蓋過了一記把窗戶震得喀答喀答作響的雷聲。

「求求你……！」沙麗哀求著，「不要……！」

這句英文怎麼說

可是我別無選擇。
But I have no choice.

弗列德力克博士以驚人的速度向前跨步。他一手抱住相機，伸出另一隻手抓住葛雷格的肩膀。

「不！」葛雷格尖叫，「放開我！」

「放開他！」沙麗也尖聲叫著。

她忽然意識到此刻弗列德力克博士根本騰不出任何一隻手來。

這也許是我唯一的機會，她想。

她做了一個深呼吸，衝向前去。

當沙麗伸出雙手，從弗列德力克博士的手中搶過相機時，他不禁吃驚的瞪大了眼睛，大叫出聲。他驚惶失措的想要把相機搶回去，於是放開了葛雷格。

在那個憤怒的男人跨出另一步之前，沙麗把相機舉到眼前，鏡頭對準了他。

「求求妳……不要！不要按下快門！」那個老男人大叫著。

他蹣跚的向前傾，眼神狂亂，伸出雙手抓住相機。

葛雷格驚魂未定的瞪視著沙麗和博士扭打在一起，只見他們緊抓住相機不放，奮力拉扯著，想把對方甩開。

這句英文怎麼說

強烈的閃光把他們全都嚇了一跳。
The bright burst of light startled them all.

閃光燈一閃！
強烈的閃光把他們全都嚇了一跳。
沙麗抓住了相機。
「快跑！」她尖聲大喊。

31.

當葛雷格狂奔著跑向樓梯時，眼前的地下室只剩下一團模糊的灰黑色。

他和沙麗並肩飛奔，滑過了無數的食物空盒，跳過了一堆的馬口鐵罐和空瓶。

大雨像雷鳴般猛力敲打著窗戶，狂風怒吼著，拍擊著玻璃。他們的身後不斷傳來博士痛苦的尖叫聲。

「相機是拍到我們還是拍到他？」沙麗問。

「我不知道，快跑！」葛雷格高喊。

那個老人像一隻受傷的野獸哀號著，那叫聲宛如狂風暴雨撞擊著門窗一般的凶猛而悽厲。

這句英文怎麼說

地下室一片寂靜。
The basement was silent.

那座樓梯就在不遠處，可是卻好像永遠都到不了。

永遠。

永遠，葛雷格心想。弗列德力克博士原本想把他和沙麗永遠都關在下面的。

他粗聲的喘息著，兩人同步跑到了黑漆漆的樓梯口。一記震耳欲聾的響雷讓他們停住了腳步回頭望。

「咦？」葛雷格高聲叫道。

他很驚訝，弗列德力克博士並沒有在後頭追趕他們。

而且他那痛苦的號叫也停止了。

地下室一片寂靜。

「發生什麼事了？」沙麗上氣不接下氣的問。

葛雷格瞇著眼睛看著一片陰暗的遠處，他費了好一會兒功夫才恍然大悟，那個躺在工作檯前面皺巴巴的一團黑色人形，就是弗列德力克博士。

「怎麼回事？」沙麗叫道，她大口大口的喘氣想讓自己的呼吸緩和下來，以至於胸口劇烈的起伏著。她手上仍緊緊抓住相機的背帶，愕然的注視著老人一動也不動的身體，仰躺在地板上。

「我不知道。」葛雷格氣喘吁吁的細聲回答。

他遲疑的往回走向弗列德力克博士，沙麗緊跟在他後面。當她清楚的看見倒在地上的老人的臉時，發出了一聲驚懼的低呼。

他的雙眼暴睜，嘴巴驚恐的張成大大的O字型，臉部朝上瞪視著他們。他全身僵硬，已經死了。

弗列德力克博士死了。

「怎麼……回事？」沙麗終於發出聲音問，她困難的嚥下一口口水，強迫自己轉頭，不再看著那張令人毛骨悚然的扭曲臉孔。

「我想是他的恐懼害死他的。」葛雷格回答，他按住沙麗的肩膀，但其實並不甚明白那句話的具體意義。

「什麼？他的恐懼？」

「他比任何人都清楚那台相機會做出什麼可怕的事來，」葛雷格說，「當妳拍了他的照片，我想……我想這件事嚇壞他了，把他嚇死了！」

這句英文怎麼說

那台相機又製造了另一名受害者。
The camera had claimed another victim.

「我只不過是要趁他不注意時搶走相機，」沙麗高聲說，「我只是想找個機會讓我們能夠逃走，我沒想到……」

「那張照片，」葛雷格打斷她，「我們看看那張照片。」

沙麗舉起相機，只見相片還卡在相機裡。葛雷格抖著手把它拉了出來，然後拿高起來好讓兩人能一起看。

「喔，」他緩緩的叫著，「喔。」

相片裡顯示著弗列德力克博士躺臥在地板上，雙眼暴睜，嘴巴驚恐的張大著。

弗列德力克博士的恐懼，葛雷格終於了解那致使他喪命的恐懼，清楚的顯示在那裡──在相片上、在他的臉上。

那台相機又製造了另一名受害者。

而這一次是永遠的犧牲了。

「現在我們該怎麼辦？」沙麗問，注視著趴在腳邊的老人。

「首先，我們先把相機放回去，」葛雷格說，把她手上的相機拿過來，放回架子上。他轉動虎頭鉗的把手，密門碰的關上了。

葛雷格鬆了一大口氣。把那台恐怖的奪命相機藏起來，他的心情好多了。

「現在，我們回家去，然後再報警。」他說。

兩天以後，微風輕拂著樹梢，天氣晴朗而涼爽，這四個朋友停在路邊，靠在腳踏車上，仰望著柯夫曼屋。儘管陽光燦爛，環繞在眾多的老樹樹蔭下的那棟房子依舊顯得陰森森的。

「所以你沒跟警察說那台相機的事？」阿鳥問，並抬眼注視著那片陰暗、空無一人的前窗。

「沒有，他們不會相信的。」葛雷格說，「何況，那台相機應該永遠永遠的鎖起來。我希望永遠都不會有人發現它。」

「我們跟警察說，我們爲了避暴風雨，才躲進那棟房子裡，」沙麗補充說道，「然後又說我們在躲雨的時候到處探險，在地下室發現了那具屍體。」

「蜘蛛漢的死因是什麼？」麥可盯著那棟房子問。

這句英文怎麼說

蜘蛛漢的死因是什麼？
What did Spidey die of?

「警察說是心臟衰竭，」葛雷格說，「可是我們知道眞正的死因。」

「哇，我眞不敢相信一台舊相機竟然會這麼作惡多端。」阿鳥說。

「我相信。」葛雷格緩緩的說。

「我們快離開這兒吧！」麥可催促著，他的球鞋踩上踏板開始上路了。「這個鬼地方眞的讓人心裡發毛。」

其他三個人也一語不發、若有所思的跟著離開了。

當兩個身影從柯夫曼屋的後門現身時，他們四人已經騎過了轉角，往下一條街騎去了。

喬伊．費瑞和米奇．華德踩著雜草叢生的草坪，來到車道。

「那幾個笨蛋不太靈光嘛！」喬伊對他的同夥說，「連我們前幾天在這兒都不知道，根本沒發現我們就躲在地下室的窗戶偷看他們。」

米奇大笑。「就是嘛，一群笨蛋。」

「他們想把相機藏起來？門都沒有。」喬伊說著，舉起相機仔細察看著。

「幫我拍一張。」米奇要求。「快點，我們來試試看。」

「嗯，ＯＫ，」喬伊把眼睛對準了觀景窗。「說一……」

喀擦一聲，閃光燈一閃，相機發出了轉片聲。

喬伊把相片拉出來，兩個男孩迫不及待的頭碰頭硬擠著，等著看顯影的結果……

- 匹茲鎮實在無聊透了。
There's nothing to do in Pitts Landing.
- 他以為他很酷。
He thinks he's cool.
- 你守哪個位置？
What position are you playing?
- 我知道有什麼事可以好好樂一下了。
I know what we can do for excitement.
- 是那隻笨獵犬！
It's that dumb cocker spaniel!
- 看，前門旁邊的窗戶破掉了。
Look. The window next to the front door is broken.
- 牠們看起來就像卡通老鼠。
They look just like cartoon mice.
- 樓梯在那兒。
The stairs are there.
- 你又在耍我們了嗎？
You were goofing on us again?
- 蜘蛛漢到哪裡去加熱呢？
Where does Spidey heat these up?
- 放在架子上的是一台相機。
Resting on the shelf was a camera.
- 我來幫你拍一張照。
Let me take your picture.
- 我們會出去求救的。
We'll go get help.
- 暖爐後面還有另一座樓梯。
There's another stairway behind the furnace.

門可能從外面鎖上了。
The doors could be locked from the outside.

多謝你提醒我。
Thanks for reminding me.

蜘蛛漢也不想要惹麻煩。
Spidey doesn't want trouble.

你記錯了。
You remembered wrong.

爸爸的新車交車了！
Dad picked up our new car!

這輛車幾乎是撞得全毀了！
The car appeared totaled!

我開新車載你們去兜風。
I'll taking you all for a drive in the new car.

你發燒了嗎？
Do you have a temperature?

你們繫緊安全帶了嗎？
Are your seat belts buckled?

我應該把前燈打開了。
I should turn on my headlights.

我們差點就沒命了！
We could've been killed!

你從哪弄來的相機？
Where'd you get the camera?

這是他想得到的最好的解釋了。
It was the best explanation he could come up with.

你到底要拍什麼啦？
What do you want it for, anyway?

我是運動高手。
I'm a natural athlete.

很可能是失焦或怎麼了。
It's out of focus or something.

你是從哪裡放底片進去的？
Where do you put the film in?

你快弄壞它了。
You're going to wreck it.

他覺得自己快要窒息了。
He felt as if he were choking.

我還真的以為他受傷了。
I really thought he was hurt.

阿鳥下一局會上場。
Bird is coming up next inning.

為什麼他沒在日記冰店打工呢？
Why wasn't he at his after-school job at the Dairy Freeze?

他發生不幸的事故。
He's been in a bad accident.

他們的母親從病床邊的折疊椅裡跳起來。
Their mother jumped up from the folding chair beside the bed.

他有輕微的腦震盪。
He had a slight concussion.

感謝上帝他會平安無事。
Thank goodness he's going to be okay.

到底那台相機有什麼祕密？
What's the truth about the camera?

因為我在接你的電話。
Because I'm on the phone with you.

我知道我不該這麼做的。
I know I shouldn't be doing this.

你哪來的這件襯衫？
Where'd you get that shirt?

你只邀請我們幾個男生嗎？
Are we the only boys invited?

我不在相片裡頭。
I'm not in the shot.

我們玩得正高興呢。
Just when the game was getting good.

沙麗消失得無影無蹤。
Shari had vanished.

我們會繼續找。
We'll keep looking.

你看起來很困擾。
You look very troubled.

這台相機……能夠顯示未來的事。
The camera—it predicts the future.

我們會盡力的。
We'll do our best.

他在門廊上停了下來。
He stooped in the doorway.

他知道葛雷格拿走他的相機。
He knew that Greg had his camera.

快要吃晚餐了耶。
It's almost dinnertime.

沙麗還活著。
Shari is alive.

扔掉它是解決不了事情的。
Throwing it away won't do any good.

你拍到我了！
You took my picture!

你們手上拿的是什麼？
What've you got there?

你沒聽說過，誰發現的就是誰的嗎？
Haven't you ever heard of finders keepers?

那台相機很邪惡。
That the camera was evil.

那我們為什麼跑成這樣？
Then why did we run like that?

沙麗怎麼會跑到相片裡呢？
How had Shari gotten into the photo?

他們的新說法是她遭到了綁架。
Their new theory was that she'd been kidnapped.

要是他沒有偷拿那台相機就好了。
If only he had never stolen the camera.

我跟你一樣摸不著頭緒。
Your guess is as good as mine.

他們有話要問我。
They want to question me.

那是相機的錯。
It's the camera's fault.

他知道相片上的情景成真了。
He knew the snapshot had just come true.

是那個男人在追你們嗎？
Is this man chasing you?

我們都會陷入危險。
We're going to be in danger.

我們行動吧。
Let's get moving.

我們趕快把事情解決了。
Let's get this over with.

你到底是在哪裡發現那台相機的？
Where did you find the camera?

葛雷格眨眨眼，搖了搖頭。
Greg blinked and shook his head.

這不是一台普通的相機。
It's not an ordinary camera.

我的夥伴在這台相機上下了詛咒。
My partner put a curse on the camera.

很抱歉我們造成那麼多的困擾。
Sorry we caused so much trouble.

可是我別無選擇。
But I have no choice.

強烈的閃光把他們全都嚇了一跳。
The bright burst of light startled them all.

地下室一片寂靜。
The basement was silent.

那台相機又製造了另一名受害者。
The camera had claimed another victim.

蜘蛛漢的死因是什麼？
What did Spidey die of?

雞皮疙瘩系列 24

倒楣照相機

原著書名—— Say Cheese And Die!
原出版社—— Scholastic Inc.
作　　者—— R.L. 史坦恩（R.L.STINE）
譯　　者——愛陵
責任編輯——劉枚瑛、何若文
文字編輯——曾雅婷

國家圖書館出版品預行編目 (CIP) 資料

倒楣照相機　/ R. L. 史坦恩 (R. L. Stine) 著 ; 愛陵　譯 .
-- 2 版 . -- 臺北市 : 商周出版 : 家庭傳媒城邦分公司發行 ,
民 105.04 192 面 ; 14.8 x 21 公分 . -- (雞皮疙瘩系列 ;24)
譯自 :Say Cheese And Die!
ISBN 978-986-92956-4-2(平裝)
874.59　105004151

版　　權——翁靜如、吳亭儀
行銷業務——林彥伶、石一志
總 編 輯——何宜珍
總 經 理——彭之琬
發 行 人——何飛鵬
法律顧問——台英國際商務法律事務所 羅明通律師
出　　版——商周出版
臺北市中山區民生東路二段 141 號 9 樓
電話：(02) 2500-7008 傳真：(02) 2500-7759
E-mail：bwp.service @ cite.com.tw
發　　行——英屬蓋曼群島商家庭傳媒股份有限公司城邦分公司
臺北市中山區民生東路二段 141 號 2 樓
讀者服務專線：0800-020-299 24 小時傳真服務：(02)2517-0999
讀者服務信箱 E-mail：cs @ cite.com.tw
劃撥帳號—— 19833503 戶名：英屬蓋曼群島商家庭傳媒股份有限公司城邦分公司
訂購服務——書虫股份有限公司客服專線：(02)2500-7718；2500-7719
服務時間：週一至週五上午 09:30-12:00；下午 13:30-17:00
24 小時傳真專線：(02)2500-1990；2500-1991
劃撥帳號：19863813 戶名：書虫股份有限公司
E-mail：service@readingclub.com.tw
香港發行所——城邦（香港）出版集團有限公司
香港 灣仔 駱克道 193 號東超商業中心 1 樓
電話：(852) 2508-6231 傳真：(852) 2578-9337
馬新發行所——城邦（馬新）出版集團
Cité(M) Sdn. Bhd. 41, Jalan Radin Anum,
Bandar Baru Sri Petaling, 57000 Kuala Lumpur, Malaysia.
電話：(603)9057-8822 傳真：(603)9057-6622
商周出版部落格—— http://bwp25007008.pixnet.net/blog
行政院新聞局北市業字第 913 號

美術設計——王秀惠
印　　刷——卡樂彩色製版有限公司
經 銷 商——聯合發行股份有限公司 新北市 231 新店區寶橋路 235 巷 6 弄 6 號 2 樓
電話：(02)2917-8022 傳真：(02)2911-0053

■ 2003 年（民 92）11 月初版
■ 2021 年（民 110）10 月 07 日 2 版 3 刷
■ 定價 / 199 元

ISBN 978-986-92956-4-2

Printed in Taiwan
城邦讀書花園
www.cite.com.tw

請於此處用膠水黏貼

商周出版

讀者回函卡

謝謝您購買我們出版的書籍！請費心填寫此回函卡，我們將不定期寄上城邦集團最新的出版訊息。

姓名：＿＿＿＿＿＿＿＿＿＿＿＿ 性別：□男 □女

生日：西元 ＿＿＿＿ 年 ＿＿＿＿ 月 ＿＿＿＿ 日

聯絡地址：＿＿＿＿＿＿＿＿＿＿＿＿

聯絡電話：＿＿＿＿＿＿＿＿ 傳真：＿＿＿＿＿＿＿＿

E-mail：＿＿＿＿＿＿＿＿＿＿＿＿

學歷：□1.小學 □2.國中 □3.高中 □4.大專 □5.研究所以上

職業：□1.學生 □2.軍公教 □3.服務 □4.金融 □5.製造 □6.資訊
□7.傳播 □8.自由業 □9.農漁牧 □10.家管 □11.退休 □12.其他

＿＿＿＿＿＿＿＿＿＿＿＿

您從何種方式得知本書消息？
□1.書店 □2.網路 □3.報紙 □4.雜誌 □5.廣播 □6.電視 □7.親友推薦
□8.其他 ＿＿＿＿＿＿＿＿＿＿＿＿

您在哪裡購買本書？
□1.金石堂（含金石堂網路書店） □2.誠品 □3.博客來 □4.何嘉仁
□5.其他 ＿＿＿＿＿＿＿＿＿＿＿＿

您喜歡閱讀的小說題材是？
□1.浪漫 □2.推理 □3.恐怖 □4.歷史 □5.科幻/奇幻 □6.冒險
□7.校園 □ 8.其他 ＿＿＿＿＿＿＿＿

您最喜歡的小說作家？
華人：＿＿＿＿＿＿＿＿ 國外：＿＿＿＿＿＿＿＿

最近看過最好看的小說是哪一本？

＿＿＿＿＿＿＿＿＿＿＿＿

請於此處用膠水黏貼

Goosebumps®

Goosebumps®